西班牙语文学译丛

月亮的女儿

La hija de la luna

〔西〕托蒂·马丁内斯·德莱塞阿 著
邓伊迪 译 尹承东 译校

中央编译出版社
Central Compilation & Translation Press

图书在版编目 (CIP) 数据

月亮的女儿 / （西）托蒂·马丁内斯·德莱塞阿著；
邓伊迪译 . —北京：中央编译出版社，2017.4
ISBN 978-7-5117-3236-1

I. ①月… II. ①托… ②邓… III. ①长篇小说－西班牙－现代
IV. ① I551.45

中国版本图书馆 CIP 数据核字 (2017) 第 007759 号

La hija de la luna by Toti Martínez de Lezea
Copyright © Toti Martínez deLezea, 2003,2011.
Simplified Chinese translation copyright © 2017
by Central Compilation and Translation Press
All rights reserved.

月亮的女儿

出 版 人：	葛海彦
出版统筹：	贾宇琰
责任编辑：	苗永姝
责任印制：	尹　珺
出版发行：	中央编译出版社
地　　址：	北京西城区车公庄大街乙 5 号鸿儒大厦 B 座（100044）
电　　话：	(010) 52612345（总编室）　(010) 52612335（编辑室）
	(010) 52612316（发行部）　(010) 52612317（网络销售）
	(010) 52612346（馆配部）　(010) 55626985（读者服务部）
传　　真：	(010) 66515838
经　　销：	全国新华书店
印　　刷：	北京印刷一厂
开　　本：	880 毫米 ×1230 毫米　1/32
字　　数：	82 千字
印　　张：	4.5
版　　次：	2017 年 4 月第 1 版第 1 次印刷
定　　价：	20.00 元
网　　址：	www.cctphome.com　　邮　箱：cctp@cctphome.com
新浪微博：	@中央编译出版社　　微　信：中央编译出版社（ID：cctphome）
淘宝店铺：	中央编译出版社直销店（http://shop108367160.taobao.com）(010) 55626985

凡有印装质量问题，本社负责调换，电话：010-55626985

前　言

托蒂·马丁内斯·德莱塞阿（Toti Martínez de Lezea）1949年生于西班牙维多利亚-加斯特伊茨市，她在那儿读完中学，随即去了高耶利的吉普斯夸区学习一年巴斯克语，然后辗转法英两国，学习了四年法语和三年英语，并获得相应的学位。她还在伦敦皮特曼学校选修了文秘专业。之后又赴德国学习了两年德语。

马丁内斯·德莱塞阿是一位语言天才，她是用西班牙语和巴斯克语两种语言写作且有国际声誉的女作家，活跃于多种文学领域，同时也是有正式头衔的英文、法文和德文口笔译翻译家。她还是著名的电视编剧、导演和演员，并和丈夫及其他青年人一起创办剧院。她的文学作品更多的是关注中世纪的欧洲，特别是那一时期巴斯克地区的历史和传说。

马丁内斯·德莱塞阿是一位多产作家，一生创作了五十余部作品，其中长篇小说二十二部，比如：《犹太人的社区大街》《桑乔的钟楼》《战争先生》《奥盖茨的儿女们》《女修道院院长》《上帝的刽子手》《修道院阴影下》《奥卡的花园》《拉阿尔戈玛之花》；青春小说四部：《月亮的女儿》《桑乔·加尔塞斯三世》《国王的信使》和《修道院院长之死》；儿童读物二十部，比如《神秘的热带雨林》《龙殿》《闹鬼的房子》《魔法营地》《飞毯》《风中的玫瑰》《乌龟岛》《着魔的山洞》；其他著作四部：《巴斯克神话传说》《女巫》《王室的玩乐、国王、王后、食与色》和《妈妈的图片》；另有一部报告文学。除了这些著作之外，作为电视脚本编者，马丁内斯·德莱塞阿曾编写并亲自指导演出了一千两百多个电视节目。她还长期跟巴斯克教育部合作编写了四十部录像片。她的全部文学作品，除个别者外，大多同时用西班牙语和巴斯克语出版，不少著作更是同时以西班牙语、巴斯克语、德语和英语出版。其作品不仅有很高的艺术价值，更重要的是富有深广的社会历史意义，深受读者欢迎。

马丁内斯·德莱塞阿称自己的作品是"写历史，写人物的历史经历"，但她在2015年发表的最新一部作品《所有人都沉默不语》却一反其"惯有的描述遥远的历史题材"的常态转而"以维多利亚为背景刻意描写内战期间和战后的恐惧"。她坦承："我很想谈谈恐惧，恐惧可以变化为精神病。"谈到近期的创作计划，她宣称将写一部关于女教皇胡安娜的作品，这位女教皇在9世纪曾领导教会四十年；马丁内斯·德莱塞阿也说或者写一些12世纪朝圣者的故事。

　　《月亮的女儿》是托蒂·马丁内斯·德莱塞阿的代表作之一，它淋漓尽致地描写了中世纪享有至高无上的权力的教会横行无忌、草菅人命的极端残暴行为，从而深刻揭露鞭挞了那个黑暗愚昧的社会。同时作者也以饱含同情的笔墨细腻地刻画歌颂了那些社会底层善良、淳朴、不畏牺牲勇敢救人于危难中的人们。

目录
Contents

1. 1609年9月　001
2. 苏加拉姆迪的三百人　009
3. 到了乌达苏比　019
4. 命令似的指点　022
5. 堂胡安·瓦列·阿尔瓦拉多　032
6. 在茅屋醒来的时候　042
7. 修道院的钟声　056
8. 1610年的上半年　067
9. 玛达伦和玛乌达丈夫的弟弟　073
10. 即使在最恐怖的噩梦中　077
11. 两个多月已经过去了　087
12. 通向小区的路途　093
13. 没过多久，苏加拉姆迪的人就全都知道了　103

14. 在几个星期里　107

15. 渐渐地　115

16. 那是一个严寒的冬天　123

17. 在以后的岁月里　126

结　局　129

1．1609 年 9 月

大雾笼罩着整个地区，遮挡着外人的目光，仿佛是要为这块魔幻般的地方保守秘密，使其与周围的世界隔绝开来。偶尔会看到有家农舍的屋顶从雾气中隐现出来或者隐约听到牲畜丁零丁零的脖铃声，说明在这片静寂的土地上还是有生命活动。随着浓雾的逐渐散去，太阳放射出万道霞光，使挂在青草上、植物上和树叶上的露珠闪耀出迷人的绚丽光彩。那时，连绵起伏的山丘，一片片百年老树遍布的密林，一道道清澈见底的河流，东一家西一家散落着的房舍和那座天堂的心脏地带——围绕在教堂周围的苏加拉姆迪小镇便都映现出来了。设若一位艺术家来到这儿，他顿时会感到激奋难抑，面对那片奇妙的美景，甚至无力写一首诗、绘一幅画或谱一支曲子来描绘它。

玛达伦走到小河边，把裙子撩到腰间，跪下来用水罐取水。之后，她脱掉靴子和袜子，将光脚伸入水中，两眼注视着在清晨的微风中轻轻摇曳的树叶待了很长时间。每天一破晓，她就走出茅屋；是的，每一天，包括那些最寒冷或大雨如注的日子，她都要做同样的事情，把光脚伸进埃西托克河中，直至脚趾起皱，寒气顺着她的脊椎骨上升到全身，让她不停地打起寒战。许多年间，她母亲也曾跟她一样这样做。还在她刚刚学会迈步的时候，她就陪母亲去河边，模仿她的一举一动，尽管那时她的双脚还抵不到水面，只能在水面上方摇动。此刻想到这些，她不禁叹了口气。

自从最后一个春天以来，母亲已经不是原来的那个母亲了。灾难一个接一个降临到她们家中，仿佛那个叫高艾克的夜鬼将它的黑影伸展到了那间林中的茅屋之上，决心抓住猎物不放。首先是疾病夺去了小卡塔丽娜的生命。她也有几天感到不舒服，浑身发烫，同时也冷得发抖。但是一天清晨她像是从一场噩梦中醒来，口渴得要命，连起床的力气都没有了，从那张全家人都睡在上面的唯一的一张床上，她看到父母把她小妹妹的身体用一块布裹起来抱出了茅屋。透过那扇采光和做饭出烟的大窗户，她看到父亲把小妹妹的尸体放进在栎树下挖出的一个坑里，而母亲则咬着嘴唇静静地哭泣。她看到他们在小妹妹的坟头上放了一束草本植物的叶子，然后拉起手一起举向树冠，请求古人的女神玛丽将他们的小女儿收留在她的屋檐下。

父亲不久也去世了。他患的病是高烧不退，几乎不能呼吸。

母亲把一床毯子在河水里湿透将他包起来为他降温，给他喝黄花草和山毛榉树皮熬的药汤，还用荨麻束为他揉搓胸部和脊背，但这一切都无济于事。在那些日子，她和母亲就睡在铺了干草的地板上。母女俩在卡塔丽娜的坟旁挖了一个坑，将裹着毯子的父亲的尸体拖到那儿，掘土将他掩埋了。她们一句话也没说，因为没有什么好说的。对于他们的生命来说，死亡没有什么奇怪，倒不如说死亡是他们旅途的伙伴。但是她的母亲再也难以从那种打击中振作起来。玛达伦看到她身体一天天垮下来。她几乎不说话，坐在火旁的一条长凳上，或者坐在茅屋前的一块大石头上，那石头是昔日生活在林中的某个巨人忘在那儿的。她坐在那儿不动，两眼直勾勾地盯着那个不仅埋着她的丈夫和女儿，而且也埋着她的父母以及她父母的父母的地方，就是那棵神圣的大树下。

玛达伦重又叹了一口气，把脚从水中拿出来，那双脚不仅起了皱，而且由于寒冷而呈现出紫色。在登上靴子之前，她感到双脚穿上厚厚的羊毛袜子非常舒服。然后，她抱起水罐，回到了茅屋。

她母亲已经把锅坐在了火上，正在慢慢地用一把大木勺搅动着里边的一点卷心菜、豌豆和栗子。她们每天吃的就是这种饭。有时候蔬菜会变变样儿，也有时候蔬菜会减少一些，而加一点有时她们用陷阱或机关猎获的兔子肉。当父亲活着的时候，饭桌上是不缺肉吃的。这儿的低地是修道院的田产，尽管在这儿禁止打猎，但父亲却是一位用陷阱或机关狩猎的行家。

"森林是属于大家共有的。"在有人提醒她父亲没有修道院院长的明确准许而私自捕猎会带来的危险时，他这样反驳说。"在这儿还没有修士之前，我早就在这儿了。"

随着时间的过去，修道院院长任命他为护林人。他的任务是防止别人干跟他同样的事，即在修道院的田产上狩猎。同时他也负责发现狗熊或某群狼的到来，及时通知修道院院长。那时院长便命令镇子里的人跟随他们出动，尽义务把打来的兽皮交给他。这位护林人还要负责不要让任何老树倒进埃西托克河或奥拉维德亚河里，或者杂草和石头堆积起来阻止河水正常流淌。作为报偿，他可以在林子里随便打猎和砍伐家中所需要的烧柴。

埃斯特瓦尼娅没有让外人知道她的丈夫已经过世，因为她知道，一旦修道院院长知道她丈夫不在了，马上就会把她和她的女儿赶出家门。院长不会有兴趣让一个女人和一个小女孩占据那间茅屋。他会毫不客气地把她们赶走，不问她们将来如何度日，而让另一个家庭住进去。这样的事不是第一次发生了。她的父亲去世的时候，她和母亲就险些失去那个栖身之地。她和农夫华内斯·德阿斯皮奎塔的结合使她避免了被赶出家门。然而现在没有任何华内斯来代替另一个华内斯，因此唯一的办法就是尽可能地拖长时间不让圣萨尔瓦多修道院院长得悉她的丈夫已经离世。暂时她们还可以过安宁的日子，但是，以后呢？以后她们将怎么办?

"妈妈,你好?"

玛达伦的声音把母亲吓了一跳,她甚至没听到女儿抱着水罐进来。她转过身去,静静地审视着女儿。尽管女儿身材矮小,但她已经是个女人了,可以生儿育女了。也许该是给她找个伴侣的时候了。那样,设若运气好的话,她们的茅屋里又可以有一个男人,让修道院院长高兴了。那样她们就可以不离开那间茅屋,也不离开她们家的亡灵了。只需找一个体格健壮的年轻人就行了,镇子里有一些人家的小儿子也正在找姑娘结婚哩,哪怕姑娘不是土地的继承人。那些小伙子们想,找到个姑娘结婚,最坏也可以有活干了,有地方住了,也就再也用不着为一个哥哥或随便什么另外的人干活了。埃斯特瓦尼娅想到了桑西奥,他是铁匠的第四个儿子。那孩子不是太机灵,但只要勤劳也就可以了,他可不是懒人。他的外貌也不迷人,恰恰相反,两道眉毛连在一起,身材又矬又胖,但是,她知道他人品忠厚,性格脾气好,这种品德比长相要重要得多了。

第二天一大早,埃斯特瓦尼娅先是吩咐女儿把家务事全部做好并且到河湾处看看有没有杂草和树枝堆积堵塞河道,然后便向镇子里走去。走时她还告诉女儿她要到中午才回来,但没有告诉女儿她是去找铁匠和他的妻子商量要她和他们的儿子结亲的事。一般来说,他们一家人每周都去苏加拉姆迪,但是自从父亲去世以后，四个月了，她们娘儿俩都没去过一次。玛达伦没问母亲去干什么，只是按照母亲的吩咐去干活了。到了下午后半晌，她开始有点为母亲的迟迟不归担心了。她走出茅屋，爬上小山丘，远远向镇子张望。她在小山丘上待了很长时间，一边把她的长发解开辫好，辫好解开，一边巴望着看见母亲的身影出现。已经感到有些秋意了，树木开始落叶，夜晚降临得早了，微风中夹杂着潮湿和烧焦的木柴的味道。她听到教堂的钟声响了起来，告知人们第二天是礼拜天，她脸上露出了微笑。大概正是由于这个原因，母亲才迟迟不见踪影，不回茅屋，而是直接去参加聚会了。这样一想，她便从小山丘上跑下来，往山洞走去。

山洞那儿寂静得出奇。好一会儿她才意识到，周围只有她一个人。随着她走近洞口，那寂静就越发的深沉。看不到驴子，也看不到车子。听不到人声，也不见有孩子们在草地上奔跑。她以为自己搞错了，但像每个星期六一样，教堂的钟声在叫人们去做晚祷了。绝对不会错。可是，为什么不像从前一样此时这儿会来了许多人？她走进山洞，没有人点起篝火把聚会的地方照亮，洞中烟雾腾腾，墙上映出长长的人影。风从山洞巨大的缝隙里吹进来，呼啸声跟穿过山洞的小河的流水声混在一起，奏出一只轻轻的死亡的曲调，她感到一阵恐怖。玛达伦吓得魂飞魄散，拔脚跑出山洞，一口气跑到家中才停下来。

她产生了幻觉，总感到身后有一些穿黑衣服的人带着逼视的目光在追赶她,所以她拖了很久方入睡。夜间她几次在黑暗中摸索着在干草垫子寻找埃斯特瓦尼娅的身体,但后者睡觉的地方是空着的。她没有力气起床,困得睁不开眼睛,她又入睡了,但还是感到一次又一次地被一些无形的幽灵所围绕,那些幽灵将她包围在比夜晚更黑暗的圈子里。

她终于醒来了。感到有一束阳光照耀在她的脸庞上,她一跃而起从床上跳下来。除了小妹妹死亡、她的高烧消退那一天外,她从不记得有哪一天醒过那么晚。她看了看熄灭的炉灶,希望看到母亲在那儿准备早餐,但是她没有回来,于是一阵恐怖又袭上了她的心头。肯定发生了什么可怕的事情。母亲从未夜不归宿过。即使去为人守灵或去照顾产妇她都不会整夜不归。她总是回来把家中的人叫醒,哪怕然后又重新出门。玛达伦用罐子里还剩下的一点水洗了洗脸,然后便走出家门,但是这一次她没有去河边,而是朝苏加拉姆迪走去。

跟前一天黄昏在山洞那儿一样,镇子里死一般的寂静,门和朝外开的木板窗全都紧紧地关闭着,街上不见一个行人。后来她终于碰到了一个人,那人本来跟她见过面,但此时却故意垂下了眼睛,走到她近前时加快脚步过去了。她敲了几家的门,但都没有回答。甚至连平时总是大开着的教堂的门现在都关着。正当她开始绝望的时候,她听到有个人在轻声叫她的名字。她环顾四周,好不容易才看到了她妈妈一个叫西蒙娜的表妹在向她打手势。

"怎么……"

她的话还没有问完,那女人便扯住她的一只胳膊,把她使劲地拉进家中。

"你在这儿干什么,你疯啦?"西蒙娜以让她吃惊的口气对她说。

"我母亲……"她不知道该怎么回答。西蒙娜像是发火了,但她不知道西蒙娜为什么要发火。

"埃斯特瓦尼娅被捕了。"

"被捕了?为什么?"

"说她是女巫。"

2. 苏加拉姆迪的三百人

苏加拉姆迪、乌达苏比和相邻镇子的三百人，包括男人、女人和孩子，被胡安·瓦列·阿尔瓦拉多硕士指控为犯有巫术罪。瓦列·阿尔瓦拉多是罗戈洛尼奥宗教法庭的特派员。自从他到达纳瓦拉山区，已经一个多月过去了。在这一个多月期间，当地居民已经是吃不下饭、睡不好觉。全镇子所有的妇女，还有一些男人，被叫到镇子里最有气派的建筑——贝雷特克塞阿大房子——去招供或作证。那座大房子属于圣萨尔瓦多修道院，宗教法庭法官把他的活动中心就设置在那儿。

没有一个家庭不被怀疑，没有一处住宅那个令人毛骨悚然的人没有带着他的人进去上上下下仔细地搜查过。人们之间都互相怀疑，包括最亲近的人和亲戚。由于害怕碰上宗教法庭的法官或某个法官手下的人，没有人敢走出家门。田里不见了干活的农夫，牲畜已没人放牧。整个地区一片恐怖。那个邪恶阴险的人物的黑长衫、他的狠毒的探寻的目光、他那平静而同时也是威胁的语调，充满了整个昔日被孩子们的欢笑、居民们的交谈和牧人们的呼喊所占据的空间。

玛达伦和埃斯特瓦尼娅深深地陷于悲痛之中，又唯恐被赶出家门，所以自从华内斯去世以后，她们一次都没去过苏加拉姆迪。她们也不知道在大山洞入口处的聚会已经停止了。那地方最适宜冬天或雨天聚会，尽管人们都喜欢在山洞外面广阔的空地上吃饭和跳舞。母女二人闭门不出与世隔绝，有人敲门也不开，宗教活动也不参加。因此她们不知道发生了那些让本地区居民胆战心惊的事情。这儿是纳瓦拉最美丽、最神秘的地区，充满了无数的神话传说，历史和当今紧密地联系在一起，既不抛弃过去，也不拒绝现代。这儿从没有什么人让本地区的人们弯腰，因为后者是大自然的组成部分，扎着深深的根，他们的出身已消失在时光中了。古代的信仰和基督教信仰融合在了一起，风俗习惯代代相传，直至宗教法庭法官到来之前，居民们过着平静而祥和的日子，没有惊恐，没有诧异。

胡安·瓦列·阿尔瓦拉多硕士是经过艰难的长途跋涉从罗戈洛尼奥到达纳瓦拉山区的。他时时都在抱怨让他作为官方使者被迫远征到那个野蛮的地方去，在他看来，那个地方太不开化了。自从他乘坐的车子开始进入那个港口陡峭、小路上石子密布、河流泛滥和死板的人们讲着让人不懂的语言的地区之后，他认为没有任何头脑正常的人愿意到那片"异教徒的土地"上来冒险。"异教徒的土地"这个名字是他本人送给这片山区的。在出发之前,为了执行任务,他要求带了三十名武装人员的护卫队。他说,没有很好的保护措施,他断然拒绝去那个地区。他的责任、他的热情和对信仰的维护,尚不足以激励他拿自己的生命开玩笑。他不是圣徒,所以他没有任何兴趣去争得殉难的荣誉。简单说来,他就是一个神学家,一个上帝的人,一个教会的人,一个唯一的、真正的教会的人,他要去审判任何的邪恶团体和邪教。圣徒是需要的,但是像他那样的人也是需要的。没有他们,异端邪说就会在所有基督教国家像瘟疫一般蔓延开来,它们的触角就会渗透到世界最隐蔽的角落,魔鬼就会随心所欲地率领它的凶恶的军队占据统治地位。不,事情的确如此,圣徒无法打赢那场战役,而是像他那样头脑冷静、脚踏实地的人才能打胜那场战役。

他正在考虑着这一切的时候,车子突然颠簸了一下,猛烈地向左倾斜,把车上的人互相跌撞着甩了下来。硕士被压在了他的两个秘书身下,不停地叫喊着,直至被两个士兵的强壮手臂拉出来。他被拉出来时,神情惊恐不安,头发蓬乱,满脸通红,因为一方面是受了惊吓,另一方面更是由于受了侮辱:因为那个一身肥肉、满身大汗的秘书佩雷斯的大屁股,不偏不倚、结结实实地压在了他的身上。

护卫队队长好不容易才告诉他灾难是来自车子的一个前轮撞

到了一块石头上，将车子掀翻了。天气凉爽，落着的牛毛细雨几乎让人感觉不到，但最终还是打湿了他们的衣裳。

"我们这是到了这座地狱的什么地方？"硕士问道。他把自己裹在教士长衫里，粗暴地打断了士兵的解释。

"应该离乌达苏比不远了，"一个士兵回答说，"也就是大人您要去的地方。"

"车子还能走吗？"

"我觉得恐怕我们需要找一个铁匠来，因为前轮的轴被撞断了。"士兵又重新解释说，同时指着前面小山高处的几幢房舍。"需要到这个村子去找铁匠。如果大人您同意的话，我们可以把车子支起来避雨。"

"我已经湿透了，心里也不是滋味！我们走到那儿去吧。"

他们默默地开始往前走，瓦列·阿尔瓦拉多走在前面，其他人跟在后面，就这样到了第一座房舍。硕士停下脚步，一个士兵跑上前去用拳头擂门，催促住户把门打开。过了一会儿，一个男人和一个女人开门探出头来（他们都上了年纪），惊讶地看着那伙人。

"镇长的家在哪儿？"敲门的士兵问道。

那对男女互相看了一眼，谁也没有回答。

"镇长的家！镇长！"那士兵坚持问道。

男房主对妻子说了点什么，接着两个人一起耸了耸肩膀，摇了摇头,表示不知道。

"佩雷斯!"

听到上司的命令,那个大块头的秘书往前跨了几步,打算解释一下。他懂巴斯克语,是前几个月在潘布洛纳学的,正是由于这个原因硕士才把他带到纳瓦拉地区来。而实际上,他对巴斯克语只是懂个皮毛,只能用于问候、问些简单的事情或稍多一点。他之所以接受那个职位,是因为极渴望成为四级教区法官,而这次正是千载难逢的晋升机会。他心里想,不管怎么说,没有人会知道他的巴斯克语可怜到什么程度。这是要打听一件让他们要费上几天工夫的事情,而且希望把这件事办好。

"市长的家在哪儿?"他用巴斯克语问。

那对夫妇用一长串没完没了的话回答了他,弄得他晕头转向,仅仅只能听懂几个词儿。他不得不竭力掩饰自己的狼狈和恐慌。恰恰在这一刻,教堂的钟声响起来,呼唤人们去做奉告祈祷,尽管他听起来是呼唤人们去为亡灵祈祷。那秘书一头冷汗,笨拙地转过身去面对着硕士。

"问清楚了吗?"硕士不耐烦地问他。

"他们说我们要到教堂去问。"突然来的灵感鼓励他继续编下去。"好像这会儿他们不知道镇长在那儿,但是他们肯定牧师会告诉我们。"

瓦列·阿尔瓦拉多迈步向教堂走去,自然他的随从们紧跟其后。那胖秘书开始默默地祈祷，期望刚才敲钟的是牧师，而不是教堂执事。同时他也祈祷牧师能懂卡斯蒂利亚语，至少具有相当的拉丁文水平，以便他能直接跟他的上司交流。此时牛毛细雨变成了瓢泼大雨，将他们全都淋成了落汤鸡。

牧师在教堂里。当瓦列·阿尔瓦拉多一行到达的时候，他正巧从教堂出来。那是一位老者。尽管表面看他很和善，但面部却透露出他的暴躁性格。那群穿黑衣服的不速之客倒令他大吃一惊。看到他们被大雨淋了个透湿，他便带他们去了靠近教堂的一个房子。他解释说，那是他的住处。硕士和两个秘书进了屋，而其他人则仍旧冒雨留在了外面。那座住处的确很寒酸：一个没有家具设施的房间，除了一张大床之外，只有一个大箱子、一个盛坛坛罐罐的旧食橱、一些青菜、几小口袋粮食和其他东西。一张桌子已经瘸了腿，旁边有两条长凳。但是屋里很干燥，壁炉里的火很旺。把那些人让进屋以后，牧师又转身走了出去，他们听到他在外面喊了几声。一个小青年应声跑过来，他们二人迅速地交谈了几句，然后那青年人又跑走了。

"小伙子去找铁匠了，"牧师对硕士解释说，"不是大人您熟悉的那种铁匠，实际上他是个农夫，这儿都是这样。但是他技术很好，能把您的车轮修好。能知道您的身份吗？"

"堂胡安·瓦列·阿尔瓦拉多，神学硕士，罗戈洛尼奥宗教法庭特派员，来此是为了调查巫术的问题。"

闻听此言,牧师吓得立刻脸色变了,脸上本来的一点血色也不见了。他恐惧地暗想:这就是说,传说是真的了,修道院院长已经达到他的目的了。

"镇长在哪儿?"瓦列·阿尔瓦拉多问道,亮明自己的身份后,他本能地做出了这样的反应。

他脱下教士长衫、摘下四角帽递给佩雷斯。秘书赶快接过来把它们放到牧师的大床上,接着把自己的长衫和帽子也脱下来放到同样的地方。真是太幸运了,他想,小镇上的牧师懂卡斯蒂利亚语。这就避免了他再次出现前边语言问题上的狼狈相。

"啊呀,大人您可不知道!"牧师笑了,已经从惊恐中恢复过来。"阿玛尤尔是一个农夫和牧人的镇子,这会儿都在忙着种田或放牧牲畜呢。我可以请大人喝点白酒暖暖身子吗?"

"还是来点葡萄酒吧!"

"这地方不宜栽种葡萄,"牧师解释说,"所以葡萄酒很贵。不过,有些农夫酿造的黑刺梨烧酒还是很棒的,既可暖胃,又可提神。"

没等硕士回答,牧师就走向食橱,抱出一个大肚罐、拿着一个陶杯回来。他斟了一杯红色的黑刺梨烧酒递给瓦列·阿尔瓦拉多,全然不理睬两个秘书那贪婪的目光。宗教法庭法官尝了一下那烧酒,然后便一饮而尽,并且把杯子递给牧师,让他再来一杯。

"不是葡萄酒,但味道不错。"瓦列·阿尔瓦拉多说,同时在一条长凳上坐下来。"请告诉我，堂……"

"佩德罗·德佩特里桑塞纳，亚松森教堂的受俸牧师。"

"好的，堂佩德罗，这个地区真的像表面看起来那样是非天主教区吗？我是说，魔鬼真的占据了这个地区吗？"

一时间，那个善良的人第二次语塞了。

"这儿跟所有的地方一样有迷信，但是，这些迷信是无害的……"他拖了一会儿才回答。

"我得到的情报不是这样的。"

"噢……这地方是山区，外人很难进来。这儿存在着很多古老的习惯，有些风俗很难彻底铲除。"

"巫术的情况怎么样？"

"巫术？"

宗教法庭法官的眼睛盯在老牧师身上，后者险些把得悉了来访者的身份后仅存的一点冷静都失掉了。

"我有委托证件，受命来查这儿存在的巫师团，特别是在叫苏加拉姆迪的那个镇子。这个派别巫师团的信徒聚会敬拜魔鬼，犯下了那些邪恶的脑袋所能想象出来的最可怕的罪行。关于这方面的事您肯定会有所耳闻。"

堂佩德罗·德佩特里桑塞纳几次吞咽下唾沫。他一生中从未处于过这样的窘况。许多年来他一直担当阿玛尤尔教堂的牧师，跟他的百姓们和平相处。他从未相信过关于什么巫婆和巫师的无稽之谈，尽管他有时听说过有关这方面的一些事情。他了解他这儿的人，因为他也是在这个地区土生土长的。这个地区的人严守他们的风俗习惯，有他们自己的生活方式，有他们自己的神话传说。在他自己的家中，还在他儿时，就听到讲游鬼，讲住在山顶上的巨人，讲住在小河和湖边的奇怪而美丽的生灵，当然，也讲女巫。但这并不说明她们真的存在。他从来没见过什么女巫。

"我可以向您保证，在阿玛尤尔这儿没有女巫，这我清楚。"

"在苏加拉姆迪那个地方呢？"

"那地方归圣萨尔瓦多修道院院长管，他会比我给您说得更清楚，"牧师谨慎地回答说，"他多年关注着这件事。"

"那么说，您也听说过巫师团的事了？"

"跟所有的人一样……"

"那么，您怎么看？"

一个士兵浑身湿漉漉地跑来避免了牧师的回答。士兵告诉硕士车轮暂时修好了，车子就等在门口。乌达苏比已近在咫尺，他们在夜幕降临前就可以到达了。瓦列·阿尔瓦拉多站起来向他的秘书们打了个手势，后者一声不吭地服从了命令，拿起他的黑长衫给他搭在肩上。三个人在堂佩德罗陪同下走出屋门登上了车子。在车子启动之前，宗教法庭法官从车窗里探出头来。

"我希望还能看到您，"他皮笑肉不笑地说，"很高兴我们继续谈下去。"

牧师点头做了肯定的回答，他说不出什么，在车子和它的护卫队消失在去乌达苏比的路上之前，他只是像一个木偶似的一动不动地站在雨下。然后他转身向教堂走去。进去之后，他便在圣坛前跪下来，请求宽恕他曾经怀疑过魔鬼的存在。撒旦是存在的，他刚刚亲眼看到。

3. 到了乌达苏比

一到乌达苏比,宗教法庭法官瓦列·阿尔瓦拉多立刻会见了圣萨尔瓦多修道院普雷蒙斯特拉特受俸牧师团的神父堂莱昂·德阿拉尼瓦尔。这个旨在帮助朝圣者的受俸牧师团已经建立五个世纪了。法官和神父二人关在后者的办公室里,一位修士侍候他们吃了晚餐就退出来了。大半个晚上透过堂莱昂房间的窗户都可以看到室内亮着灯光,听到从修道院狭窄而黑暗的过道里传出可怕的话语,那些话语的回声将在很长时间内把那个比利牛斯山地区置于惶惶不安之中。

比利牛斯山北部村镇和苏加拉姆迪之间的居民历来友谊深厚,和睦相处,它们两边的家庭不少结为亲戚。一个在西布鲁待了一段时间的姑娘回到了苏加拉姆迪。她对那些愿意听她讲话的人说她从小就是女巫,教她的老师就是她的姨妈。她说她参加过两次巫术大会,并且详细地介绍了魔鬼的门徒们经常出席聚会的情况、敬拜魔鬼的仪式以及随后的无度狂欢或拐骗儿童的行径。她的话在居民中引起了极大的恐慌,人们开始以头发和标记来指出被怀疑是男巫或女巫的人。特别指出了那个已经年满九十岁的老太婆格拉西亚娜·德巴雷内布塞亚、她的两个女儿、她的女婿和女婿的父亲,以及其他一些人。被指出的人经牧师同意在教堂里请求居民们宽恕了他们的恶行,之后日子也就恢复了正常。

没有人想到那场以那样的方式化解了的混乱会传到堂莱昂·德阿拉尼瓦尔的耳朵里,而且他会把事情报告给宗教法庭。乌达苏比和苏加拉姆迪的主宰者、圣萨尔瓦多修道院院长长期以来都在挖空心思搜集这个地区巫术活动的信息,但是直到那时他尚未抓到任何证据、任何证人和任何巫术团害人的蛛丝马迹。但是那个悔悟女巫的谈话却表明与某些人所认为的相反,魔鬼的追随者在他们的土地上已随心所欲地安营扎寨了。了解了这一情况,修道院院长立刻起草了一份长篇报告,并派他的一位亲信修士送到了罗戈洛尼奥。在一桩如此严重的事情上,他不想单枪匹马地行动,因为他完全可以肯定,这件事的后果不仅仅是让他愉快不愉快的问题。他是此地的主人,而可疑分子是他的臣民。修道院和所属村庄的人们之间的关系并不那么良好。农民要交地租、牲畜税、小麦收成税,甚至家禽和鸡蛋税。相反,他这位主人只关心他的身心健康、主持官司审理判决、纠纷调停和罪恶赦免。自然,臣民们要为那些服务付出代价,尽管如此,有时发生了争吵,还是要阿拉尧斯的主人或他的手下人来帮助,以求得愤怒情绪的平息。总而言之,从他的青年时代起,堂莱昂最关心的向来就是不惜任何代价灭绝他那个镇子的古代信仰和迷信。

"就是这样,我亲爱的朋友,"修道院院长讲明情况,并把一大摞有关材料让硕士看了,最后下了结论,"我们面前的任务很重。巫术在我管辖的两个镇子以及邻近的巴斯坦山谷的所有村镇都根深蒂固。"

"你不要担心,院长先生,没有人能阻挡上帝的正义之手,有上帝的帮助,我们将把这个万恶的灾害彻底根除。"

那天晚上,直到黎明,都可以听到野外狼的嗥叫声以及宅院里狗的回应声。有人说那天晚上刮的是邪风,吹来的云彩显示出种种不祥之兆。

没过几天,宗教法庭法官就在苏加拉姆迪安顿下来,让那儿的居民开始做起了最可怕的噩梦。

4. 命令似的指点

按照西蒙娜几乎是命令似的指点，玛达伦在她家中一直待到太阳落山，夜幕把那个小镇子开始笼罩在了它的黑影之中。那时她才从这个家中走出来。她没有走镇上耕牛走的那条唯一的最宽的大道，而是在房舍后面绕了个弯儿。她紧贴着墙壁，走几步便停下来，屏着呼吸看是否听到什么可疑的声音。一出镇子，她便撒腿跑了起来，一口气跑到她家的茅舍，才停下脚步。她倚到墙上、喘着粗气、满头大汗地停了好一会儿，脑子里一片空白，心脏抽缩在一起。

据西蒙娜告诉她，她母亲前天晚上刚一进镇子，就被宗教法官的人逮捕了。他们把她带到了贝雷特克塞阿大房子，在那儿她几乎整整待了一天。

"我们看到那些人怎样把她拉出来，将她跟别的人一起塞进一个脏得像猪圈似的小房间。"

"别的人是些什么人？"玛达伦不假思索地问了一句，她不懂是怎么回事。

"其他的巫师。"

西蒙娜的语调里有点什么让玛达伦忘掉了自己的痛苦。她说不清楚那是点什么东西，但是她发觉她母亲的表妹似乎是为正在发生的事情而高兴。她对那些事情完全不懂。所有的人都知道女巫的故事。那些可怕的人可以夜间飞行，可以让所有的井水干涸，可以用目光伤人，但是，你绝对抓不到一个女巫。

"为什么指控她们是女巫？"

"因为她们就是女巫。"

似乎那正是她等待的提问，那个女人便打开了话匣子。她说话的声音一直很低，并且不时地透过百叶窗的缝隙向室外投以担心的目光。室内黑乎乎的，没有生火，也没有任何蜡烛或油灯照明。尽管空气是凉爽的，玛达伦却感到不寒而栗。她一边听她亲戚的讲述，一边两腿不停地打抖。

那些在草原上的聚会必然会带来恶果，西蒙娜肯定地说。她一直都在这么说，现在事实来证明她的预见了。那些穿黑衣服的人把全镇子的人都召集到教堂里，向他们宣布他们为什么来到这儿：消灭一个在山洞那儿经常聚会的魔鬼的信徒派别。他们说那个派别敬奉他们的主人，亵渎神明，背叛上帝和圣母，无恶不作。

"你去那儿参加过聚会吗?"西蒙娜突然以怀疑的口气问玛达伦。

玛达伦没有回答。西蒙娜以为她没有参加过。

"这就好了!否则的话,你就跟他们一样了。"

西蒙娜在那个吓得失魂落魄的姑娘耳边一一细述着为了逼迫那些被指控为巫师的人承认自己的罪行,对他们进行的种种严刑拷打;拴着手指将他们吊起来;用鞋锥子扎他们的身体以便找到魔鬼身上的敏感点;把他们身上的毛全部刮掉寻找恶魔的标记;用一个漏斗往他们嗓子里灌水直至灌得他们肚子变形、感到要憋死了。

"几乎所有的被告都承认了自己的罪过,"西蒙娜最后以胜利的语调说,"悔悟的人得到宽恕或处以罚款,但是有些人死也不承认自己的过错,他们就要为此付出代价了。埃斯特瓦尼娅就是其中之一。"

玛达伦嗓子干得难受,几乎吞不下唾液,而且感到透不过气来。那个女人谈起他的母亲就像谈一个与她无关的陌生人一样。她想喊叫,但还是忍住了,只是重新问道:

"他们要拿那些不认错的人怎么办?"

"你还没听到山那边靠我们这儿的地方发生的事情吗?那儿已开始烧死巫师了。"

"你是说他们会把我母亲烧死?"姑娘吓得魂不附体地问。

"我是在给你说山那边发生的事情。在这儿,埃斯特瓦尼娅只要悔悟、承认自己干的坏事就行了。"

"你真的认为我母亲是女巫?"

"如果人家这么说,她就应该是。"

玛达伦没有坚持。与那个卑劣而充满怨愤的女人争论是毫无意义的。她静静地等到夜幕降临,没有告别一声就走出了西蒙娜的家门。

玛达伦整夜没睡,她绞尽脑汁思考,想找到一个办法救她的母亲。但是,她能做什么呢?她记起了西蒙娜在谈到山洞前草地上的聚会时说的那些话。当西蒙娜问她是否去参加过那儿的聚会时,她没有回答。但是,她的记忆力不至于那么坏,她是每次都陪父母去参加山洞前草地上的聚会的。在那儿他们和其他居民聚在一起,大家一起在炭火上烤山羊肉、唱歌和跳舞。这有什么不好?日子是艰难的,对某些人来说非常艰难。他们没有时间休息,天天披星戴月地劳作,唯有生病或死亡才会打破他们单调的生活。聚会时亲朋好友会重逢,他们一起回忆他们共同的经历。老人们一起聊天,青年人相互认识,孩子们尽情玩耍。她想来想去,百思不得其解,她不记得在山洞那儿看到过任何那么可怕的事情值得逮捕和拷打那么多人。

在卡塔丽娜和父亲病倒的几个星期前,有一家他们认识的人从萨拉的家乡出来往南方去路过他们的茅舍。那家人的父母和四个孩子跟他们一起待了几天，因此他们获悉了附近那地方发生的事情。如果不是那家人讲的事情是如此的震撼人心，他们可能会认为那是他们凭想象编造出来的。那家人说，他们那儿数千人被逮捕了，数百人遭受了酷刑，许多人被活活烧死，原因是这些人被指控实施巫术，往河水里放毒，招来暴风雨和旱灾，杀害新生婴儿，挖掘公墓的尸骨和变成公山羊的形式敬奉魔鬼。人们惊恐地逃走去寻找更安全的地方，整个整个的村镇完全被抛弃，变得空无一人。

"这里绝不会发生这样的事情。"当来访者重新登程之后，玛达伦的父亲为了宽慰她的母亲以肯定的口气这样说。

可是，看来这样的事情已经发生了。

黎明时，玛达伦还是待在同一个地方。她坐在地上，脊背倚在木门上。一道微弱的阳光从大窗户里射进来。她从未像那时一样感到如此的无依无靠和孤独。她走出茅屋，直奔那棵老栎树下，她的亲人永远在那棵树的枝叶下长眠了，她希望从那儿得到某种答案。她心里想，也许她能听到父亲的声音，听到他对她说，就像鸟儿一样，每个人的心都是自由的，每个人都对自己的行为负责，没有人能主宰其他人的感情，也不能强迫他们违背自己的良心行事。但是她没有得到她希望的安慰，风没有带来鼓励她的话，她祖先的土地也是默然无语。过了一会儿，她便飞快地朝伊巴伊内塔高处走去。半路上，她转入一条由大树的枝杈遮蔽着的伸进密林的黑洞洞的小道。在正常情况下,她是绝不会走那条道儿的。从自己走进那条小道起,她就不知道到了什么地方;走了好长一段路后,她还是不清楚那条道会把她引向何方。她听到自己的心脏在怦怦地跳动。就连她的母亲都没敢到过那么远的地方。但是在恐惧和挽救母亲的愿望之间,她选择了后者。

那座茅屋跟她想象的完全一样。小屋是木结构,上面爬满了纵横交织的野生攀援植物,几乎将它完全遮盖起来。屋顶也是被树枝和杂草遮盖着,一缕青烟袅袅升起,几只黑毛皮、眼睛亮晶晶的猫在门口前面午休。那些猫看到她的到来并没有动,只是在她用手指敲门的时候用目光盯着她。

"进来吧。"

玛达伦感到嘴里发干,全身充满了恐惧,她推开了门,但是她没敢踏进茅屋。她像一尊雕像似的停在门槛上,企图看到那黑洞洞的小屋突然被里面亮起的灯光照亮。

"进来吧,关上门,风吹得我骨头疼。"

那个声音不像是安德拉·盖拉从阴曹地府发出的声音。那个智慧女人一直住在山中,她具有一种特异功能,据说她能够把人变成石头,把煤炭变成金子,可以让老天下雹子砸坏所有的庄稼,能够主宰生死。玛达伦关上门,走近火旁边坐在一条小板凳上的那个人,自己在另一条小板凳上坐下来,没敢说话。

那张被灶旁的火焰照亮的脸庞并不像她原来想的那么可怖,

倒是令她想起了她外婆卡塔伦的脸，这种感觉使她感到平静了一些。人们谈起那个奇怪的女人把她说得像个神人，但玛达伦却觉得她跟那么多老人没有什么两样。后来她就把事情想得更明白了。人所共知，森林中的神话人物愿意变成什么样子就能变成什么样子，他们可以变成丑陋的人，可以变成彩色的鸟，可以变成狼或巨大的爬行动物。说不定安德拉·盖拉现在就是变成了一个慈祥的老奶奶，以便取得她的信任，然后把她放到锅里煮熟，一片一片地撕着吃掉。想到这儿她害怕得打起抖来，后悔自己的大胆行为，告诫自己不要冲动。

"你心里在想着你干了一件发疯的事，现在想逃出女巫的手已经晚了，不是这样吗？"

玛达伦听了那个女人这些话大吃一惊，但是她对着那个女人的眼睛看着她。

"人们说……"

"人们说了许多蠢话，编了许多故事，为的是消除自己的恐惧，或把那些恐惧解释得入情入理。他们不明白一个人宁愿生活在大自然中，而不愿生活在一个妒忌和谎言的世界里。"

"他们说你有许多本领。"

"说我能变成雷电，能投下冰雹和在空中飞行。我知道。"

"说你有一千岁了……"

"看看，我还能想什么呢！"安德拉·盖拉笑了，眼睛高兴得眯成一条线。"你饿吗?"

那女人把一把木勺伸进锅里,舀了一勺杂烩菜倒进一个大碗里递给玛达伦,然后准备给自己也舀一碗。姑娘疑惧地接过了那碗杂烩菜,但是看到那位老人也吃的时候,她也就决定把它吃下去。她已经两天没吃东西了,的确已经饿得前心贴后心了。那杂烩菜味道不错,跟她母亲做的没有太大的差别。一想起母亲,她便热泪盈眶了。

"现在告诉我发生了什么事吧。"

老人的话让她惊醒来。她已经忘记了为什么来到了那个地方。听了老人的话,她才强忍着不哭出来,慢慢地把对那件事她所知道的一切讲述给她听。她知道的不很多,就是西蒙娜说的那些情况。她不知道该怎么办,没有人可以相信,所以想到也许她这位山中的夫人肯帮助她,给她出出主意。随着玛达伦的讲述,安德拉·盖拉那张和蔼可亲的脸逐渐变得严峻起来。那严峻让姑娘害怕,但她依旧把事情对她讲下去。

"西蒙娜说,他们要把所有逮捕的男人和女人烧死,就跟山那边正在做的一样,"玛达伦最后说,"如果我去找堂莱昂……"

"忘掉他吧,他比谁都坏。"

女人闭上了眼睛。她又一次记起了往事。她看到了四十年前的她自己。当时就是那个修道院院长审问和拷打了她,尽管那时他还只是一个修士,却已经是狂热的巫师迫害者。她被打得死去活来，失去了知觉。他们以为她死了，就把她扔到森林里让野兽吃掉，因为没有一个被指控为巫师的人可以被埋在封为圣土的地方。但是，没想到野兽比人还仁慈，它们没有给她半点伤害。她的师傅发现了她，把她带到茅屋去，对她悉心照顾，直至她的伤痊愈。她从师傅那儿学会了与大自然和谐相处，学会了利用植物制药，师傅还教会了她认识河水，分辨风吹来的各种味道，听森林中的各种声音。师傅也给她讲了古代的事情，告诉她在那个时候人和大地是合一的；月亮就是夜间的女神；游鬼就是寻求永久安息的活死人；还给她讲了被忘记的智慧和学问。师傅去世后，她便代替了师傅的位置。

尽管一直否认，但是到茅屋来的人还是很多的。他们来寻求治病的药方，来找解决难题的办法，来请她出个主意。每每这时，她都把问题一一回答，或送上配好的药剂，而她得到的则是粮食、水果或者鸡蛋。她的话从不多说，也不对任何人过分亲近，她要求她的顾客向她保证决不说出见过她。她威胁说，如果谁违背了这个诺言，她就打发他到另一个世界去。尽管那威胁是无害的，但还真的起到了效果，让她在所有那些年里得以过着平静的生活。可现在来了一个姑娘让她想起了她的过去，而且她已经心中有数：借助上帝的名义，某些人心中的邪恶和迷信要残忍地伤害他们的同类。

安德拉·盖拉的闭目沉思持续了好一会儿。当她睁开眼睛的时候，她瞅了一眼玛达伦，不禁笑了。姑娘已坐在小板凳上睡着了。她从一个破旧的大柜子里拿出一个薄薄的干草垫子，把它靠火边铺好。然后，她用一种超乎老年妇女的力量，携着玛达伦的腋部将她抱起来放到草垫上，又给她盖上了毛毯。她凝视了那个孤独的、无依无靠的姑娘片刻，那是同样年龄的她的反照，她决定帮助她，尽管在师傅临终时她曾经向师傅发誓永远、永远不介入当地居民的生活。

5. 堂胡安·瓦列·阿尔瓦拉多

堂胡安·瓦列·阿尔瓦拉多和堂莱昂·德阿拉尼瓦尔终于得出了一个结论。经过几星期的审问，他们拿到了确凿的证据，现在可以带一大批男人和女人到罗戈洛尼奥的宗教法庭审讯了。那些男人和女人都拒绝承认属于那个在周围地区作恶多端的巫术团，但是高压逼供奏了效。苏加拉姆迪和附近其他村镇的四十位居民，包括圣萨尔瓦多修道院的一个牧师和一个修士，都被指控犯了全是凭空任意想象出来的罪行：放毒、杀婴、亵渎陵墓、做渎圣弥撒、敬奉魔鬼……罪名数不胜数。尽管高压逼供和摆出证据，仍旧有十一个人坚决否认自己是巫师。

"我涂上神奇的多质油膏，就在空中飞着去参加聚会。"玛丽娅·胡安托供认说。

尽管要求她展示那种油膏，但是她却拿不出来。据她说，那种油膏已经消失了。

"我们拐骗孩子让他们照管一群穿衣服的癞蛤蟆，"玛丽娅·索萨伊娅接着说明道，"每个男巫和每个女巫都有一只经过驯化的癞蛤蟆，他们要给它穿衣服和喂食。"

这个女人是所有被捕者中与法庭最合作的人。她继续讲述着有关癞蛤蟆的种种细节：癞蛤蟆有两种，一种穿衣服，一种不穿衣服。不穿衣服的癞蛤蟆是用来踩着它们的肠子挤出一种绿色液体制作巫师飞行时涂抹的多质油膏；穿衣服的癞蛤蟆是用来在巫师飞行时陪伴他们，为他们去聚会的地方引路。这时候也没有任何被告能够向法庭提供所说的宠物，理由是那些宠物只会在聚会的夜晚出现。

"在聚会上，我在男巫和女巫跳舞的时候吹奏牧笛。"胡安·德科伊布鲁招认说。在那时，另一个被告、他的侄子击鼓为他伴奏。

有几个证人肯定地说，他们亲眼看到过一伙女巫变成猫、猪、山羊、苍蝇或绵羊来吓唬人。一个磨坊主人发誓说，一天晚上他去磨坊时，在路上遭到一群施妖术的人的袭击，他不得不挥舞起木棒将他们赶走。他认出了几个女邻居就是这次恐吓事件的参与者。

"我们女巫围在一堆篝火周围，一边撩起裙子，一边说'风，风'，那时大海上就会出现暴风雨，"玛丽娅·贝尔索纳解释说，"不久前，我们在坎塔布连海就弄沉了一条船。"

这类供词让宗教法庭的法官们大为震惊，但是他们谁也不去关心去证实是否真的几周前在远海上沉没了一条船。一些被告承认自己、或指控自己的同伴用癞蛤蟆、小爬虫和从坟墓挖出的尸骨制成毒药害死了几十个人。同样，也没有人操心去调查这些话是否属实，而只是简单地听信被告人的供词。不过，事情已经完全明白。撒旦是以公山羊的形式主持巫师们的聚会的。他的信徒们以吻他的屁股来表示对他的崇敬，而后就举行祭鬼弥撒，跟教堂里作弥撒一样，但是他们是向魔鬼和魔鬼的同族祈求保佑，而不是向上帝和天使的同族求助。祭鬼弥撒一直持续到雄鸡报晓，那时他们便各自回到家中去。因此，毫无疑问，被捕者全是罪犯，应该立即被带到罗戈洛尼奥去在那儿接受法庭审讯，并依据他们的罪过判刑。

埃斯特瓦尼娅·德佩特里桑塞纳的情况是最具争议的案件。不管是高压逼供，还是某些居民的控告，说她是个怪人，一口咬定她不参加宗教活动，也不为她的两个女儿着想，都没有让这个女人开口承认自己有罪。其他人跟她经历了同样的过程，但是由于拿不出真凭实据，一个个都被释放了，然而她却引起了宗教法庭法官的注意。没有人指控她施行妖术、放毒或类似的事情，但是在硕士的眼里，她身上却有点什么奇怪的东西。看上去她不是一个健壮的女人，而且似乎还在患病，但是在受刑时她不哼不叫，也从不要求仁慈对待。瓦列·阿尔瓦拉多得出的结论是魔鬼在支撑着她，赋予她一种异乎寻常的承受力。但是对此找不到任何证据。

"你的丈夫和女儿在哪里？"

在结案之前，堂莱昂打算再审她一次。埃斯特瓦尼娅站在桌子前面，堂莱昂和他的两个秘书坐在桌子后面，后者一字不落地记录着双方说的每一句话。

埃斯特瓦尼娅看了堂莱昂一眼，并不作答。

"没听到我再问你的话吗？你这个女人。你丈夫在哪儿？"

前几次审问埃斯特瓦尼娅时堂莱昂心不在焉，这一次他可是把这个女人仔细地打量了一番，然后打了个手势，站在他身旁的四个修士之一便向他俯过身去，两个人低声地交谈了几句。

"她是我的守林人华内斯·德阿斯皮奎塔的妻子，我可真的有几个月都没看到这个守林人了……"那修士告诉瓦列·阿尔瓦拉多说。

"这话没错？"

埃斯特瓦尼娅一言不发，目光茫然，嘴边挂着微笑，仿佛在回忆某个幸福的时刻。他们把她从大厅带出去，重新跟其他被捕者一起关进了那个脏得像猪圈似的屋子里。

宗教法庭法官和修道院院长决定派一支巡逻队去森林中的茅屋，命令他们立即把埃斯特瓦尼娅家的其他成员带来。两个小时之后，士兵们回来了，他们报告上司茅屋里空无一人，周围没有任何生命迹象，只是在一棵大栎树下看到了两座新坟。巡逻队重新往森林走去，这一次是陪着瓦列·阿尔瓦拉多和堂莱昂。到了茅屋那儿之后，士兵们把坟挖开，大家便看到一个男人和一个女孩的尸体。结果埃斯特瓦尼娅即被指控为亲手杀害了自己的丈夫和一个女儿，而使另一个女儿失踪。据说失踪的女儿也可能被她杀害了，以为她的躯体可以用来做多质油膏、药水和毒药，这些东西可供女巫们实施她们的魔法妖术。埃斯特瓦尼娅对这些指控依然不作回答，只是同样目光茫然、嘴边挂着微笑听候宣判。从被捕的那一刻起，她的表情一直是这样的。

这件事情解决之后，宗教法庭法官便安排启程回罗戈洛尼奥去了。他实在受不了那变化无常的天气，受不了当地人那敌视的严峻的目光，也受不了一走出那幢大房子便面临严重威胁的气氛。再说，他还要亲自到纳瓦拉北部其他地方和吉普斯夸省去，那儿也有对巫术的控告。离开当地之前，他要在堂莱昂、他的秘书和几个士兵的陪同下，去那个著名的山洞看看，因为在审案过程中，时时都提到它。对这件他心中没有底。在那几个星期听到无数次谈及它后，他对那个神秘的山洞形成了一种看法。那么说，是不是撒旦真的亲临那个地方了？一想到他有可能面对面遇到恶鬼，他的头发梢都竖了起来。但是他需要亲眼去看看那个地方，以便向他的上司提交一份全面的报告。星期天的上半晌，做完弥撒之后，他壮起胆子决定到那个山洞去。去时他手里拿着银十字架，为的是恶鬼一旦出现在他的面前，他就用十字架将他驱赶走。

天气晴朗，太阳在高空放射出万道光芒，田野一片碧绿。宗教法庭法官不得不承认那是一个充满诗意、美景如画的地方，一个宁静至极的港湾，在这儿，没有人会想到能发生关在那个肮脏得像猪圈似的屋子里的囚犯们供认的那些令人毛骨悚然的事情。

"魔鬼恰恰要寻找这样偏僻宁静的地方，以便招收信徒。"当瓦列·阿尔瓦拉多触景生情、高声发表他对那地方的看法时，堂莱昂对他解释说："这儿的人缺乏知识，信仰邪教，尽管他们也去教堂、也为他们的孩子洗礼，看上去很虔诚。他们很迷信，信仰一个叫玛丽或玛伊娅的女神和崇敬月亮。他们认为空气有自己的生命，夜晚也有自己的生命，认为亡灵不会离开他们的家，河流、泉水、森林，对他们来说都是神圣的。"

"你对我说的是真的吗？"宗教法庭法官不能相信修道院院长的话。

"千真万确，就像我跟你在这儿站在一起一样。我也生在这个地区，非常了解这儿居民的思想方法。这个地方很可能是整个纳瓦拉地区天主教最晚进入的地方，他们顽固地坚持昔日巴斯克尼亚人古老的信仰和风俗习惯。"

"那你怎么能够允许他们从事这种邪门歪道？"

"我整个一生都在致力于铲除这个地区的异教，但是，请相信我，这可不是件轻而易举的事。有时我甚至认为我的属下善恶不分。"

"可总得有所作为！"

"我们正在做，我们正在做……"

瓦列·阿尔瓦拉多想说点什么，但是他嘴里却没发出任何声音。在他的面前展现出一个面积惊人的山洞。那个山洞是如此的巨大，里面容纳几十个人都没有问题。他紧紧握着十字架，迈着坚定的步伐走进山洞，为的是给那些卫兵做出榜样。后者们跟他一样为那个天然山洞的巨大面积所震惊。实际上那是一个隧道，在另一端有出口。在地面上可以看到一大堆篝火的残留物和散乱的一捆捆的柴草，还有一垛木柴和一些空水罐。山洞中死一般的寂静。宗教法庭法官放心地呼吸了一口气。那儿不像是会发生什么异常的事情，所以他开始仔细地观察那个地方，想象着那儿挤满了崇敬魔鬼的邪恶者，他们喊呀，叫呀，同时围着篝火跳舞。

"这条河有名字吗？"他指着那条穿过山洞的小河问。

"都叫它奥拉维德亚河。"堂莱昂回答。

"我看最好还是应该叫地狱河。我没看到人们说的魔鬼坐的宝座呀！"

"实际上，在上边还有一个山洞，从左边出去就可以看到。如果你愿意的话，我们可以上去，但是除了大块的岩石和蜘蛛网之外，你看不到任何奇特的东西。我去过那个山洞，也没看到魔鬼的宝座。可能在聚会之后，它跟恶鬼一起不见了。没有留下任何痕迹让我们能够了解发生的事情。"

宗教法庭法官、修道院院长、秘书和士兵，他们不得不从一块石头跳到另一块石头地穿过那条小河，结果教服和鞋子都弄湿了。一条狭窄的小道通向上面的山洞，但是那儿除了宽大的空间和一些火堆残留物之外，同样没有什么可提及的。从那儿他们可以观赏山洞的宏伟和看到小河消失在附近的小树林间。

"看了这些对我来说已经够用了。很显然，证人说的都是实话。"堂胡安·瓦列·阿尔瓦拉多用两手圈了一个空间。"我们现在就在撒旦的教堂里，这是个令人深恶痛绝的传播异教邪说的地方，但是今后它已经再也不能在这儿举行任何亵渎神圣的活动了。你听我说，**魔鬼**！"他高喊了一声，让所有陪着他的人都愣住了，包括修道院院长，"我诅咒你，也诅咒你的信徒，就像上帝在天堂里诅咒你一样！"

接着，他把一个士兵手里拿着的一小瓶圣水抓过来，往墙上和地上喷洒了好一阵子，同时嘴里还用拉丁文念诵着针对那些施妖术者的祈祷词。圣水洒完之后，他把小瓶子扔进了河里。

"让这中了邪的河水直接流到地狱去把那儿的火浇灭吧。"在走向山洞前那片广阔的草地前，他以忧伤的声音说。

阳光直射在草地和一些平静地啃草的绵羊身上。那些绵羊根本不理睬那些生人的出现，更不关心那些人刚才在山洞里活动的情况。

"这就是证人们说的在满月的夜间巫师们聚会的那片草地吗？"宗教法庭法官问道。

"是这样。"堂莱昂对宗教法庭法官表现出的勇气感到惊讶。"人们叫这里贝洛斯克贝罗草地，牧人们把他们的牲畜带到这儿来放牧。尽管……"他犹豫了一下，"也有人叫它 aker larre，在我们当地的语言中，就是'公山羊'的草地的意思。"

堂胡安看了看修道院院长，又看了看草地，笑了。他的使命已经结束了。那是他的使命所需要的最后一部分：亲身实地考察证明巫术团的确存在。他已经发现了巫师各种聚会的秘密名字，或者如魔鬼的信徒们叫的那个名字：aker larre。他低声地把这个词念了几遍，甚至他发出的声音都有点魔鬼的含义了。他心中想，这没有什么奇怪。自从他抵达这个地区后听到的那种他不懂的、异教的、粗野的语言，也可以表现出适当形式的恶行。一回到大房子，他就把这个词记到了他的笔记本上，以防在为法院起草报告时忘记了。

几天之后，宗教法庭法官、他的随从人员和一辆装满犯人的车子便启程回罗戈洛尼奥了。他们给苏加拉姆迪镇的居民心灵上留下的是无限的创痛。他们的生活永远不会再回到昔日的样子了。那个可怕的人的离开让他们感到的轻松掺杂着他们更加深切的痛苦，因为他们看到那些被带走的乡亲的命运将是吉凶难卜。

在那些被逮捕的人中间，有父亲和母亲，有儿子女儿，也有爷爷和奶奶。大部分家庭的胸部，都遭受了那个硕士爪子的抓伤，从此以后，人们再也不会提他的名字，而是在每每提到他时，都称他为没有人性的野兽。

为了表示对他帮助的感谢，堂胡安·瓦列·阿尔瓦拉多任命堂莱昂·德阿尔尼瓦尔为宗教法庭执行官。那队人马启程之后，这位新上任的执行官想到应该举行一次感恩弥撒。他派了四个修士陪他去召集镇上的居民都来参加，他站在教堂的门口面带慈祥的笑容迎候他们。

"亲爱的孩子们，我们应该感谢万能的上帝，是他把我们从最可怕的灾难中解救出来，那就是巫术。巫术险些就把你们的灵魂置于危险之中。过去的几个星期是极端艰难的，这我清楚，但是一切都过去了。来吧！我们来赞美上帝吧！"

只有一个耳聋的老头和两个老太婆走到了他的身边。其他人都站在自己的位置上，死死地用眼睛盯着他，一动不动。堂莱昂感到身上一阵发冷。他从大多数人的眼睛里看到了仇恨，从其余人的眼睛里看到了鄙视，他感到可怖。他一句话没说便离开教堂门口，骑上他的驴，吆喝着它往乌达苏比赶去，修士们迈着轻快的步伐跟在他的后面。他没有回过一次头，但是他却能感到那些盯在他后脑勺上的目光，那些目光跟他们在审讯中为了找到被告身上的敏感点，也就是魔鬼的标志，用的针是一模一样的。

6. 在茅屋醒来的时候

玛达伦在茅屋醒来的时候,看到安德拉·盖拉就像前一天晚上一样坐在她的身旁,面带微笑看着她。她似乎感到一阵轻松,也露出了笑容。智慧女人像是要帮助她了。

"你不要抱有太大的幻想,孩子。"

安德拉·盖拉开头的几句话像是给她泼了一瓢冷水,让她彻底清醒过来。她欠起身,准备听她讲话。

"那些人干的坏事有时是那样的毒辣,反对他们真是太难了。不过,"那女人继续面带微笑说道,"还是可以试一试。"

安德拉·盖拉跟玛达伦谈起了古代,说在那个时候人们不需要话语来交流沟通,不需要大自然提供给他们的办法来治疗疾病,不需要预知未来,也不需要任何人的帮助即可以同时身处两地。

"这些被遗忘的天赋继续在那儿存在于我们的身上,等待着我们去利用。人们把话语弄错了，把几乎人人都具有的一种才能恰恰看成了魔法。一切都取决于怎样利用这种才能，以及抱着怎样的目的去利用这种才能。"

"你是在讲巫术？"姑娘有点恐惧地问道。

"女巫并不存在，亲爱的，至少不像某些人看到的那样。"

"在山洞那儿……那些穿黑衣服的人说……"

"在山洞那儿没有发生任何超自然的事。农民们相聚在那儿按照他们祖先的方式举行古代的娱乐活动。利用某些植物和蘑菇来忘记他们繁重的劳作和单调的生活。如果他们了解真相，如果他们还记得以前的事情，如果他们懂得利用大自然的力量，那些穿黑衣服的人谁都不会给他们造成任何伤害。"

玛达伦不敢说全听懂了，但是她一直在点头表示明白。她觉得安德拉·盖拉说的是实话。她自己到山洞去过无数次，在那儿玩得非常愉快。男人们点起火堆烤山羊肉，女人们准备蔬菜、切面包和把苹果酒分给大家。吃过饭之后，大家一起唱歌跳舞，一直玩到精疲力竭。孩子们拿青草编皇冠，情人们躲进树林和山洞的旮旮晃晃里，老人们讲述古代巨人和龙的故事，有些成年人用一种样子难看、味道更难闻的绿色油膏染腋部、手掌和脚掌。她和其他的一些人看着那些成年人干那种怪事、嘴里还念念有词地躺在地上打滚，感到十分好玩。

"不管是你父亲还是我，我们都从未涂过油膏。"当她问起那些成年人为什么在涂了油膏之后有的人就变成失魂落魄的样子的时候，母亲这样对她说。"我希望你长大之后也不要做这样的事。失去理智不是件好事。涂了油膏的人会说这样的事、做那样的事，到头来会后悔的。"

安德拉·盖拉继续讲述着发生在人们周围的那些神秘的事情，尽管人们并未察觉。她还说，只要有人掌握了方法，不管是谁，他都可以利用他伸手可及的魔力。

"掌握什么方法？"

"你甭想利用一眨眼的工夫就学会我用了一生的时间才掌握的东西，"女人笑了，"你母亲将跟那些居民一起开始一次危险的旅行。有的人能回得来，有的人回不来。你母亲回得来回不来就取决于你。我不能陪你去。我发誓我绝不会离开这个地方，我要履行我的誓言，但是我将时刻跟你在一起，回应你的召唤。"

"你说什么？"

玛达伦感到失望了。她求呀，求呀，最后还是不得不怎么来的怎么回去。本来她听着那个女人讲话，以为只要那个女人打个响指就可以把她的母亲救回来，没想到现在安德拉·盖拉却明确地告诉她她一切都无能为力……

"我知道你在想什么，你错了，"安德拉·盖拉拍拍她的腿说，"我要帮助你，尽管我食言没有履行自己的另一条誓言。你好好地听着，因为你必须严格按照我的指示去办，不能出任何差错。

你要到苏加拉姆迪去,一直盯着你的母亲。她将和别的女人及别的男人一起被关进那幢叫贝雷特克塞阿的大房子的肮脏得像猪圈的房间里。几天之后,他们就要被拉上车,带到离这儿很远的地方去。你要跟着他们。你得弄头驴,因为他们是骑马赶路,你没有坐骑是跟不上他们的。每逢那队人马在某个村镇停下来的时候,你就尽量接近你的母亲,并且要让她喝一点水,事先要在水里放一小捏这种粉末。"说着,安得拉·盖拉递给了她一个小红布包,"只能放一小捏,放多了会死人的。"

"这是什么?"

"你记好了,如果谁喝多了,这些粉末会导致心跳停止,"安德拉·盖拉继续说道,并不去回答姑娘的问题,"记好了,只把一小捏粉末放进一碗水里。喝下去后她的四肢会变凉,她就进入昏睡状态,像是死了。押解的人会认为她真的是死了,就会把她扔到路边,或者也许把她埋葬掉。他们一离开,你就赶紧把你母亲抱起来,裹上毯子为她取暖,甚至如果需要你就要用自己的身子暖她,直至她恢复知觉。"

"我不知我能不能……"

"你能行。你有足够的胆量来见我,也就有足够的胆量来救你母亲。"

"我不知道……"

安德拉·盖拉又递给了她一个小布包,这次的小布包是绿色的。

"如果有时候你迷了路,不知道该怎么办,你就用水调一小捏这个小口袋里的东西喝下去。那时我就会在你身边,我们可以对话,但是这只能是在月光明亮的夜晚,就是说能看到月亮,最好是满月的时候。"

过了一会儿,玛达伦带着两个小布包离开了。她把小布包塞在裙子的腰部,脑子里装满了安德拉·盖拉说的话和要她做的事。越是走近自己的镇子,她越是感到怀疑。她怎样按照那个女人的话去做呢?她想什么办法去偷一匹马或一头驴呢?

她躲在宗教法庭法官利用的大房子对面的镇上麦秸垛的后面,大部分时间看着那个法官和他的手下人出出进进。从她的躲藏处,她可以观察那幢房子和关她母亲那些人的肮脏的屋子。她注意到那位法官几乎所有的时间都待在那幢大房子里,而士兵们却不是这样,他们不断地带着犯人出出进进。她也看到了母亲,差一点就喊出了她的名字。她看得清清楚楚,母亲还穿着她最后一次看到她时穿的那条呢料裙子,那是母亲最好的两条裙子之一,但是现在已是脏兮兮的,而且撕破了。她披散着头发,没有梳洗,活像一个乞丐。但是姑娘心里想,至少她还活着。她想到天一黑就靠近那间房子把母亲救出来,但是没有那个可能。白天黑夜士兵们都围着那间房子转,不允许任何人靠近。如果她试图靠近那间房子,也会遭到逮捕,那就更不能帮助母亲了。她咬着指甲、眼含热泪睡了几个小时,直到阳光照射到麦秸垛上,才记起她身处何地以及她自己要承担的使命。

她已经不记得自己在麦秸垛后面待了多少天。她以残存在麦秸上的麦穗和青苹果充饥,躲在那儿,每当麦秸垛的主人来取麦秸的时候,她一听到发出什么声音,就吓得浑身发抖。晚上她出来,走到河边洗洗脸,喝点水,然后又急急忙忙地返回她的藏身之处。一天清晨,她看到人们在贝雷特克塞阿大房子活动起来,她第一次清清楚楚地看到了那个穿黑衣服的人。那个人朝她那边看了一眼,她以为他发现了她,立即吓得魂不附体地往后退。过了好一会她才又回到原来的地方。那个穿黑衣服的人不见了,但是士兵仍然看守着那个关人的肮脏屋子。玛达伦长长地出了口气。大约中午时分,那个令人生畏的人物由别人陪着重新出现了,陪他的人穿着几乎完全跟他一样。玛达伦认出了堂莱昂,并且记起了安德拉·盖拉对她说的话:他比任何人都坏。她想,他应该是很坏的人,因为是他让那些清白无辜的人被关押起来,并且受到如此恶劣的对待。

一看到一辆车靠近了那间关人的屋子,玛达伦的心一下子提到了嗓子眼上。过了一会儿,那些被关押的人,包括她的母亲,就被逼着上了车。这就是说,安德拉·盖拉说得对。旅行真的开始了。有一会儿,她想不明白为什么智慧女人能够知道那件事,并且还知道被捕的人是关在那间肮脏得如猪圈般的屋子里。那是安德拉·盖拉亲口对她说的。现在她已顾不上想这些，她要全神贯注地盯着街上发生的事情。那队人马启程奔向乌达苏比方向，很快就消失在一些树木的后面。一定要跟上他们！但是堂莱昂继续留在了镇子上。她看到他由几位修士陪着往教堂走去，她远远地盯着他。镇民们聚集在广场上，修道院院长对他们说了点什么，但是玛达伦听不到。没过多久，她就看到修道院院长骑着一匹骡子走了。她在那儿等着。镇民们似乎不想散去，他们继续留在广场上，你看看我，我看看你。片刻之后，他们中间的两个人开始争论起来，并且互相指责对方的行为，接着，其他的男人和女人也都马上加入了那场争吵。玛达伦趁那伙人吵架，便去寻找一匹坐骑，幸好发现了一头拴在柱子上的驴子。她把它解开来，骑着这头光腔消失在一条小道上，从那条小道赶到那队人走的大道有点儿远。

到了乌达苏比的时候，她企图尽量远一点离开修道院过去，她只顾往前赶路，没有去回答一个女人问她到哪儿去。她想她的行踪知道的人越少越好。

通过奥特松港的那段路走得非常艰难，有几个地方她不得不从驴子上下来徒步行走，因为那头可怜的驴子难以承受那么大的重量。驴子喘着粗气走得很慢，她可不能把它累死呀。但是，到了阿马尤尔高地的时候，她无法躲开他母亲的弟弟。她的舅舅坐在路边的一块界石上，两手捂着脸。当他听到一头驴子走来的时候，他抬起了头，眯缝着眼想看清那个骑驴的人是谁。

"玛达伦！"堂佩德罗·德佩特里桑塞纳站起身，惊讶地高叫起来。

"对不起，舅舅，我不能停留。"玛达伦想继续赶路，请求原谅说。但是牧师抓住驴子的嘴巴，让外甥女停了下来。

"能告诉我你到哪儿去吗？"

"我不能告诉你。"

"你必须告诉我，否则我就不松开驴子。"

玛达伦差一点就要用脚狠狠地踢一下驴子让它继续赶路，哪怕不得不拖走前面的亲戚。但是她的舅舅尽管上了年纪，却跟所有的山里人一样非常健壮，所以玛达伦的企图根本无法达到，于是她只好回答道：

"我要跟上我的母亲。"

听了她的回答，舅舅感到非常的惊讶和恐怖。

"埃斯特瓦尼娅在那辆车上？"

玛达伦点头作了肯定的回答。

"孩子，你一个人想怎么办？"堂佩德罗问道，一边放开驴子。

"不知道。但是至少我在她身边，她会知道的。"

"本来我应该陪你一起去，但是我年纪太大了，再说我也没有足够的勇气。那么，你在这儿等一等！"

牧师进了家,很快便手里拿着一个口袋出来了。

"我给你灌了一葫芦水,拿了个圆面包和一点火腿,至少你暂时不会饿死了。这个你也拿上,钱不多,但是我只有这些了。"

舅舅递给了玛达伦几枚硬币,玛达伦接过来放在腰间。这姑娘从来没使用过钱。在苏加拉姆迪,没有必要用钱。当一个人需要点什么的时候,就用另外的东西顺顺当当地去换。堂佩德罗告诉了玛达伦宗教法庭法官那队人马到埃里松多镇所走的路。他们从那儿去潘布洛纳,然后转向他们最后的目的地罗戈洛尼奥。

"愿上帝保佑你!"当玛达伦重新踏上征程的时候,舅舅这样高喊道。

牧师站在那儿,一直等到看着外甥女的身影在道路的远处消失,然后才去了教堂。他感到心中如针扎似的痛苦。

宗教法庭法官是中午过后不久从那儿经过的。法官没有停留,但是从车子的窗户里探出头来面带满意的微笑来跟他打了招呼。他惊诧地看到经过的车子里装满了男男女女一些人,很多人都是认识的。他恐怖地划着十字,想象着那些人将遭受的苦难和等待他们的结果,哀叹自己牧师的身份,特别是由于自己已老朽,无力介入那件事。总之,他觉得平心而论,谁也无法对抗那个无所不能的宗教法庭。但是,他的外甥女还是个姑娘,却刚刚向他表明他想错了。尽管他不知道姐姐也在那辆车上,他本来还是应该去陪伴那些被捕者、安慰他们,尽一个虔诚的基督教徒的义务的。两行热泪从他那布满皱纹的面颊上流淌下来。在他的余生中，他永远不会忘记那些被捕的镇民无可奈何的目光。

玛达伦继续赶路，到达埃里松多的时候天已经完全黑下来。那个镇子是巴斯坦谷地最大的镇子，有迹象告诉她，她要跟随的人马大概已经在那儿停下来准备过夜了。再说，她和驴子也需要休息一下。尽管她不知道舅舅提到的那是个什么地方，但是他所说的罗戈洛尼奥肯定是很遥远的。如果驴子在路上死了，她怎么到达那儿？她把它放在镇子外面让它在一幢房子的废墟旁边啃草，自己走进镇子，希望能发现那些穿黑衣服的人和俘虏们的踪影。

好像大地把那些人吞没了。她既没有看到马车的踪迹，也没有看到那些士兵和马匹的踪迹……什么踪迹都没有。她已是精疲力竭，几乎眼睛都睁不开了，于是她回到了那幢房子的废墟处，把驴子牵进去，自己在它旁边躺下来，将自己委托给古人的女神，然后就酣然入睡了。据她母亲说，那女神是守护镇上的居民的。第二天，是在房子旁边玩耍的一些孩子们的吵闹声把她唤醒的。睁开眼她看到太阳已近中午，她感到浑身瘫软无力。天啊，她把整个上午的时间都失掉了！孩子们告诉她，那些士兵和马车前一天晚上经过埃里松多没有在镇子上停歇，而是继续赶路去了潘布洛纳。

她整天都在赶路，晚上也没有停歇，一心希望赶上那队人马，但是她的希望越来越渺茫。她浑身骨头酸疼，双腿几乎都没有了感觉，但是她不准备放弃。她抚摸着驴脖子，鼓励它继续前进，但是他们行进得十分缓慢。不时地有一些骑马人在她的身边超越，掀起一片片的尘土，那些人很快就在她的眼前消失了，就连旅行者乘坐的车子都比他们走得快。第二天中午，到了离潘布洛纳只差几英里的奥拉贝镇附近时，驴子拒绝再往前走了。它已经没有丝毫的力气了，当玛达伦从它背上下来走向河边的一些菜园时，它四腿伸开躺在了那儿。姑娘企图用往它嘴上洒水和喂它泡湿了的她剩下的一片干面包让它重新振作起来，但是它已没有反应。姑娘眼含泪水丢下她最后几天的伙伴，自己重新徒步赶路。

随着越来越接近潘布洛纳，气氛更为明显地活跃起来。一群群的农夫用篮子提着蔬菜，一伙伙的牧人赶着一些绵羊，他们都是去出卖的。还有旅行者、商人和乞丐，这些人拥挤在镇子进口的街道上，站岗的士兵们警惕地注视着他们。玛达伦茫然不知所措。她觉得埃里松多是个美丽的地方，那儿的大房子是石头砌成的，正面有盾形纹徽。但是现在眼前这座古老的主教城市在她看来有点庞大了。她从来没见过那么多人在一起，而且那些人是各式各样的。她观望着那些三四层高的楼房和一座座的教堂及修道院目瞪口呆，教堂和修道院的钟声正在召唤人们去望弥撒。她看到贵妇人们拖着衣服的长后摆，绅士们戴着高顶礼帽，穿着紧紧裹在腿上的奇怪的瘦腿裤。为了不被马车撞倒，她不得不躲到柱廊下。到了市场上的时候，她更是惊讶不已。过了好一会儿她看明白了那些无数摆在遮篷下出售的商品，并且开始呆呆地站在那儿看着商贩和买主讨价还价和争论商品的质量。她听到有人用不同的语调讲跟她同样的语言，她感到很是滑稽可笑。但是她也发现有人用她不懂的一种语言讲话。她的胃咕咕叫了起来，看到摆着卖的那些臀尖肉、奶酪和水果，不禁流出了口水。舅舅给她带的食品到了贝拉特港高地就吃光了，现在她已是几乎整天水米没沾牙了。那时她记起了藏在腰间的几个铜板，于是取出一个，指着一个女人出售的多种面包中的一个夹肉面包给她递了过去。那女人同时也卖小面包和面包圈。

"钱不够。"那女人对她说。

玛达伦又找到一个铜板递给她。女商贩本来想摇头拒绝，但是看到姑娘那挂满了尘土的一脸倦容、那干裂的双唇和忧伤的目光，就改变了主意。她接过两个铜板，面带微笑地把那个夹肉面包递给了她。她在街上迷迷糊糊地转悠了许久，直至感到累了，才走进一个柱廊坐在台阶上。她不知道该怎么办，不知道去问谁，不知道该去往何处。她的双脚都走疼了，再也没力气继续走了，于是她脑袋倚在房子的墙壁上睡着了。她感到有一种东西狠狠地打在了她的胳膊上，那时她才醒来，不过过了好一会她才明白过来自己是待在什么地方。

"你在这儿干什么?"

一个身穿红制服、蓝裤子、戴着怪怪的尖顶礼帽的男人凶狠狠地看着她,没有半点儿客气。那人手里转动着一根手杖,好像随时都会朝她打来。她吓得一句话不说。

"你有证件吗?"那男人重新问道,她摇了摇头表示否定。"你有家吗?家里人在哪儿?都没有吧?那你就跟我走吧!"

说罢,他抓住她的胳膊,把她带到岗哨那儿。那儿也有一些跟那男人同样穿着的人,二话没说,就把她关在了一个只有墙上的一个松明子照亮的臭气熏天的小黑洞里。过了好久,她才适应了那儿的黑暗,而当她看清了那儿的东西时,她吓得两眼都睁得又大又圆了。一大堆女人坐在地上,一个挨着一个,个个蓬头垢面。她看不出她们哪个年轻哪个上了年纪,因为在暗影里很难区别她们的年龄。那些不幸的女人有的在打鼾,有的在呻吟,也有的女人毫不惊奇地注视着她,那双双无可奈何的眼睛跟牛的眼睛一样。她们的面貌使她想起了那些老人在山洞里描述的女巫们的形象。

"她们的脸是黑的,"有一次老马丁·德阿盖雷对她说,"那是为了不让任何人发现她们在夜间的出现。她们结伙在空中飞翔,在山上或在森林最深处聚在一起。她们变成同样是黑色的猫,走进家家户户吓唬居民,吃光锅里的东西,杀死牲畜。唯一能把她们赶走的就是挂在门上的形似太阳的刺菜蓟。她们一看到它，以为那是太阳，就吓得逃走了。"

玛达伦毫不怀疑那些女人全是女巫，尽管不明白她们是怎样被抓住关起来的。据她所知，可是从来没有一个人抓住过女巫，至少在她的镇子上是这样。

"你们是女巫吗？"最后她壮起胆子问那个离她最近的女人。那个女人死死地盯着她看了片刻，然后就突然发出长时间的尖利的笑声，吓得她毛骨悚然，血都冰冷了。

7. 修道院的钟声

修道院的钟声召唤人们去做祈祷,女人们放下手里的活计往小教堂走去。她们鱼贯而行进入小教堂,依次跪在石头地上,与此同时修女们合唱起了圣诗。玛达伦已经失去了时光流逝的概念,她只知道苹果树已经落光了叶子,天气一天比一天更寒冷了。

在她被关后的那天上午,她和其他的女人一起被从牢房中拉出来赶上了一辆带篷的马车。四个法警押送着她们,把她们送向一个没有说明的目的地。在白日的阳光下,她看清了那些她原来以为是女巫的女人全是些穷苦人,是些女乞丐,她们无家无业,只是靠乞讨勉强为生。后来她们中间的一个人告诉她当地政府当局是怎样不断地把穷人驱赶出城的。那旅途是痛苦的。车子里十分闷热,味道难以忍受。只有一次押送她们的法警允许她们下车伸伸腿,喝点水,吃一点像喂狗一样给她们扔在地上的干面包片。姑娘茫然不知所措,她不敢张嘴说话,也不敢抗议那样的对待。她想高喊她不是乞丐,但是她没有想好,于是只好忍气吞声保持沉默。因为她明白,如果喊出来,也是不会有人相信的。

傍晚的时候,她们到达了镇上的一幢偏僻的房子,又被关进了一个大厅。大厅里有预备好的草垫,当然不乏跳蚤。几条凳子架着一块长木板,上面摆着几筐子面包、木碗和几罐子热菜汤。旁边还有几罐子水。只有两个女人贪婪地扑向了菜汤和面包。其他的女人都由于过度劳累而慢慢地走过去取自己的一份,玛达伦是最后一个。吃食几乎被拿光了,她只是拿了两片面包和舀了一碗水。她慢慢地吃着,同时用她的裙边沾着水擦了擦手和脸。然后她就直接卧到地上,右臂支着脑袋闭上了眼睛。在梦中她又重新回到了她家群山环绕的茅屋,听到了那沙沙的风声和小鸟的唧啾啼鸣。

"把你们带到这儿来是为了改造你们。你们要学会祈祷和工作。直到变成忠厚而有用的人,你们才能离开这儿。"

说这话的女人声调很严厉,不带丝毫的怜悯。她由两个女人护卫着,那两个女人的面容跟她一样严厉。玛达伦不懂那些话。不过她也没有必要听懂那些话。说话的女人同另外的两个女人同样穿着让她感到奇怪的黑衣服,她只要听清女人说话的语调就足够了。她选择了跟其他被捕的女人同样的做法。

对那些破衣烂衫的女人,提供了旧衣服,但是洗得很干净。

对患病的女人，将她们送去了诊所。其他的女人则每人分配了一份工作。每当修道院的钟声敲响的时候，就命令她们所有人放下手中的活计到小教堂去。玛达伦由于年轻健壮，被派到菜园，给她一把锄头让她锄杂草。她想，不管怎么说还算不错。她可以观赏蔚蓝的天空和飞过的小鸟，尽管也看到修道院的高墙和每天关在那儿度过的日子。她不知道她被关的是什么地方，无论如何她也逃不脱一刻也不离开的那些修女们监视的眼睛。她母亲现在在哪儿？他们会拿她怎样了？为了不被拖向绝望，她不愿想起她。但是一旦时机到来，她决心撒腿就跑，不到跑得再也看不到那个地方绝不停下脚来。

一天，完全没有想到机会出现了。三个承担在修道院墙外河边洗衣服工作的女人之一走过菜园时晕倒了。那女人怀了孕，由于干活和缺乏照顾被拖垮了。领着那三个去洗衣服的女人的修女立即用一个指头指着玛达伦，让她提起衣服篮子，陪那两个女人一起去河边洗衣服。在她到达修道院之后，那是她第一次走出菜园的门。她在出门之前转了个身，看到那个怀孕的女人很快被抬进了修道院的内院。到了河边之后，那两个女人都忙着把衣服泡进水里，打上肥皂在搓板上搓衣服。玛达伦不认识她们。她想，也许她们比她到得早，也许她们就属于那个从事劳作和祈祷的女人团体。为提防起见，她不想跟她们搭讪。她去了离开她们远一点的地方，一边把第一件衣服泡进水里，一边开始考虑一个计划。当衣服洗到一半的时候,她想出了一个主意。她虚张声势地告诉那两个女人她需要方便方便,那两个女人哈哈大笑起来,给她指了指不远处的一片灌木丛。玛达伦在那两个女人的笑声中往灌木丛跑去,两个女人又投入了她们的工作。玛达伦继续往前跑,很快就消失在一片小树林中,直至发现了一条道路才停下来。她开始往南走,庆幸自己山民的素质使她能够毫不困难地辨别方向。一直走到夜幕降临她才停下脚来,离开道路藏在一片灌木丛后面。那儿有很多已经干了的桑葚,她吃得饱饱的,然后就躺在地上,欣赏那繁星密布的天空。

银盘似的满月把恬静的原野照耀得明晃晃的,似乎从高空朝大地微笑。夜间的女神守护着她的村庄,也守护着正在遭受那些不幸时刻的她。一种隐隐约约的声音随着夜间的轻风传到了她的耳际,她能够清清楚楚地听到安德拉·盖拉的声音,她在呼唤她的名字。她从地上一跃而起,寻找那位老妇人,但是她周围没有任何人。那时,她想起了藏在腰间的小口袋。于是她用颤抖的手掏出两个小布包,并且区别出那个深红色的和浅绿色的。她把第一个放起来,然后开始使用第二个小布包,因为她想起了那位智慧女人关于在需要跟她谈话的时候就使用那个小布包的话。但是……那儿没有水呀!她几乎为自己的命运不济而绝望得马上要哭起来了,那时却突然想起了父亲给她说的一件事。

"当你看到有一片树木的时候,那儿肯定有水,因为树木需要水正如我们需要有空气才能活着一样。"

玛达伦放眼向四处望去,发现远一点的地方在道路的左边有一些黑乎乎的影儿,于是她便往那儿跑去。当证实那像是一片树林时,她高兴得叫了起来。她屏着呼吸在林间走了一会儿,为的是听清楚哪儿有流水声。她磕磕绊绊地抓着树枝前行,还跌倒了两次,最后终于发现了一条小河。那小河半掩在杂草和蕨类植物中,只是一条涓涓细流。她蜷起一个手掌舀了一点水,然后用另一只手捏了一点粉末放进去,接着拌了拌就一口喝了下去,她还舔了舔手掌,又喝了一点水。这一切做完之后,就坐在地上等待了。

"终于你来找我了,亲爱的,你可让我担心死了。"

安德拉·盖拉微笑着出现了,玛达伦能把她看得清清楚楚,甚至能看清她眼睛周围的皱纹和拢在颈项部的灰色的头发。

"我遇到了许多事情……"玛达伦叹口气说道。

"我知道,我不是告诉你事情并不容易吗?"

"过了这么长时间,现在我连自己在哪儿都不知道了……"

在那么多星期被迫只能沉默不语之后,玛达伦开始给安德拉·盖拉讲述她旅途的遭遇了:驴子之死、她的徒步行走、饥饿、干渴、潘布洛纳、监狱、修道院和逃走。这些事情她一股脑儿地往外端,语无伦次,同时眼泪也泉涌似的流了出来。

"我原以为我很坚强,可以救我的母亲,可现在我只想返乡回家了。因为坚持下去已毫无意义,她就要死了。"

"你母亲还活着。"

"你怎么知道?"

安德拉·盖拉笑了。

"到时候我再给你解释吧。你听我说,小姑娘,你走的路是对的,你就继续一直往南走下去。你会到达一个叫多雷阿加的镇子,到那儿找一个叫玛乌达的女人,她会帮助你的。"

"我不懂当地人说的话……"

"你只说玛乌达,就会有人指给你她的家,现在你就睡吧,勇敢的姑娘,睡吧……睡吧……"

过了几个小时玛达伦醒来时,感觉已是一阵轻松。既然感觉良好,她便准备继续赶路。不管怎样,她要及时赶到罗戈洛尼奥搭救她的母亲。她重新登上征程,按照安德拉·盖拉的嘱咐迈开大步一直往南走。她的右脚有点瘸,因为前一天晚上在找水的时候一个木片扎进她的脚踝。但是,尽管每走一步都要忍着针刺般的疼痛,但她还是继续往前走。过了一会儿。她再也走不动了,就在一块石头上坐下来。伤口很深,周围的血已经凝固,脚踝肿了起来。她用牙齿从衬裙上撕下一块布条,又用唾液湿了湿,把它紧紧地绑在脚踝上,然后又重新站起来赶路。前面那种轻松舒适的感觉不见了,尽管时间还早,清晨天气凉爽,但她还是大汗淋漓。而且,眼前既不见房舍也不见有人出现,难以请求帮助。

正当她开始晕眩的时候，她听到身后传来一阵马蹄声。她背转身去，影影绰绰地看到有辆马车朝她靠近来。当她正要晕倒在地的时候，她感到两条有力的胳膊揽住了她的腰部，并且听到一个声音不断地在问她什么。

"玛乌达……玛乌达……"

这是她在感到被拖进一个黑洞失去知觉之前说出的一句话。

睁开眼睛的时候，她首先看到的是一个女人正在为她做检查。她摸她的腹股沟、腹部、腋窝部和小小的乳房。只有在那时，她才意识到自己身上一丝不挂，于是下意识地用双臂去遮挡身体。

"别犯傻！"那女人粗暴地拉开她的胳膊高喊道，并且继续为她检查，"我是在看你的身体其他部位是否受了感染。"

她只好让她检查。她还能做什么呢？那女人为她检查完之后，就把一条皮被盖在了她身上。

"你还算有运气，姑娘，"那女人满意地说，"脚踝部的伤很糟糕，但是我已经为你清洗干净缝好了。你得有一段时间不能走动，但最后你只是落下个小疤痕作为记录。你是哪方来的魔鬼？怎么知道我的名字叫玛乌达？"

玛达伦没有回答。她只是迷惑地注视着那个女人。她不记得向任何人说过她的名字。

"是陶器商人胡利安在路上救起了你，"玛乌达继续说道，"他抱起你时你晕了过去,但是这之前你说出了我的名字。你怎么知道我的名字?"

"是安德拉·盖拉……"

玛乌达有点阴沉的脸上突然出现了和悦之色,并第一次露出了笑容。这时玛达伦发现她是在用自己的方言跟那个陌生的女人交谈。

"你懂得我的语言……"

"我怎么能不懂你的语言?我就是来自那个山区呀!"

"那你怎么知道……"

"你也是从那儿来的?这从你穿的衣服上可以看得出来,孩子,从你的衣服上。这儿没有人这样穿戴。"

"你把我的衣服怎么啦?"姑娘关切地问。

"我把它烧了,全是虱子,我会给你新衣服,不让你穿着这样的衣服在这里引人注意。这里的人关注一切,再说,你也不懂这儿的话,有人问你,你很难把事情说清楚。"

玛达伦睁大了恐怖的眼睛。粉末小包可是藏在腰间的呀!

"你别担心!"女人笑了,她明白姑娘为什么那样反应。"你的粉末没事。我把你衣服上缝着的地方都仔细地找了一遍,看看是否放着什么。那些粉末是安德拉·盖拉给你的吗?"

姑娘点点头称是,随即轻松地舒了一口气。如果她的保护者给她的粉末不见了,她的那趟旅行、那场如此危险的冒险就完全没有价值了。听了玛乌达的话，她感激地冲她笑了笑，然后就又酣然入梦了。

日子一天天地过去，慢得让玛达伦感到如同度日如年，心急火燎。每次她问那个女人是否可以起床的时候，后者总是摇摇头表示否定，并且强迫她继续卧床休养。有一次她想站起来，但是她立即感到一阵头晕，一下重重地跌到地上。虽说如此，伤口还是渐渐好起来，烧也退了，靠着玛乌达的帮助，她开始可以走几步了。那女人绞尽脑汁让她生活得舒服，给她吃鸟肉汤、鱼汤和肉汤增加营养，还送给她裙子、上衣、乳罩。那些衣服好像是玛乌达本人和别的来她家寻医问药的女人穿过的。据玛乌达说，她是个江湖医生，尽管表面看起来她的职业是纺织工人。

"江湖医生被所有人都看不起，只有那些镇上的医生对他们的病无能为力而需要某种偏方的人才找他们。"一天她对玛达伦说。"镇上的那个医生只会开方放血，不止一次他就要把某个病人带到我的面前了。有几次他在牧师的陪同下来到这儿，希望发现一个搅动着锅里的食物做饭的女巫，"玛乌达纵声大笑起来，"但是他们只发现了一个靠纺线织布做衣衫和床单为生的老太婆。"

女巫这个词像钟声一样在玛达伦的脑袋里响起来，让她记起了她为什么作这次旅行。她也记起了安德拉·盖拉说的玛乌达将会帮助她的话。但是她不知道是否可以信任那个女人。

"你为什么住在这儿?我是说,这儿离我们的家乡很远呀!"

"唉……这话说来可就长了……"玛乌达一时陷入迷惘之中,仿佛在做梦,"我如痴如狂地爱上了这个镇子的一个男人,那是我唯一的一次恋爱。我是在埃里松多认识他的,想都没想就跟他来到了这儿。后来他去世了,我继续住在这个家中,一直忘不下他。"

玛达伦笑了。她无法想象那个老江湖医生年轻时恋爱的情形。她还没有尝试过爱情,但是在山洞的聚会上,她听过苏加拉姆迪的女人们谈论爱情,也听过诗人们唱的那些美丽动人的浪漫咏叹调。那是一些梦幻般的曲调。夫妻怀着那些梦想组成家庭,一切都是命运的安排。如果某一天缘分到来的时候,她也会去想爱情。

"那么,你是怎样认识安德拉·盖拉的?"她又问道。

"这话说来同样也就长了……我和她是姊妹,虽说不是同一父母所生的亲姊妹,却是心心相印的好姊妹。许久以来,一种共同的知识把我们联系在一起。所谓知识,其实是一种功能。我由于失去丈夫而头脑不清,这种功能就失去了,尽管我在治疗领域还拥有某些本领。而她却把这种功能完整地保留下来,而且将把它保留到她死的时候。她是一个非常特殊、非常特殊的女人。"

"的确是这样……"

眼睛盯着壁炉的黑洞里飞溅着即将消失的火花,玛达伦给玛乌达讲述了她为什么远离家乡跑到这儿来，讲述了那些穿黑衣服的人怎样去了山谷，她母亲怎样被抓走，她怎样去拜访安德拉·盖拉，以及她整个旅途的遭遇……

"可怜的孩子……面对灾难你像个男子汉。很少有人逃出他们的魔爪。那些宗教法庭的法官，也就是你说的那些穿黑衣服的人，他们是些冷酷无情的人。他们不懂得什么叫怜悯和慈悲，他们在签署男人和女人的火刑判决书时手都不抖一下。"

"在我母亲被判火刑之前，我必须到达罗戈洛尼奥！安德拉·盖拉说你能帮助我。"

"她什么时候对你说的？"那位女江湖医生饶有兴味地问。

"在我在路上遇到陶器商人的前一天晚上。"

"你见到她了？"

"当然了，这还用说！根据她的嘱咐，我喝下小绿包里的粉末，就开始跟她讲话了。"

好一会儿，玛乌达只是观察着玛达伦而不说话。后来，面对玛达伦的惊讶，她拉起姑娘的手吻了一下。

"你会到达罗戈洛尼奥的，月亮的女儿，我向你保证。"

两个星期之后，玛达伦坐着陶器商人的马车启程去埃布罗镇。据玛乌达对姑娘说，陶器商人是她亡夫的兄弟。离开之前，玛乌达让他保证，在回程经过多雷阿加的时候，要把发生的一切都告诉她。

8. 1610年的上半年

1610年的上半年,在罗戈洛尼奥审理了指控为苏加拉姆迪及其周围地区的男女巫师的案件,同时也审理了宗教法庭以各种罪名控告的其他近两千人。这件事在整个王国引起了极大的兴趣和好奇,短短的几天之内,镇上的客栈和旅馆就住满了来自四面八方的来访者。神学家、学者或纯粹看热闹的人租住了修道院和私人住宅的房子,为那些房主提供了不菲的收入。数十家客商也赶到镇上来,准备利用这个机会发一笔财。他们把带篷的大马车和摊位摆在大街和广场上,结果跟地方的法警和商人发生了激烈的争吵。国王亲自派出他的心腹去做观察员,邮差天天出发把最新消息送到马德里去。

审判、出庭作证和招供都是秘密进行的,这让那些看热闹的人极为不悦,他们要求审案时在场旁听。三个法官担任陈述纳瓦拉山区那些犯人的罪行,他们是法庭审判长阿隆索·贝塞拉·霍尔金博士、萨拉曼卡的神学家和律师阿隆索·萨拉萨尔·伊·弗里亚斯博士,以及胡安·瓦列·阿尔瓦拉多硕士。他们不想让法庭审案变成节日的热闹场面,顽固地坚持他们的意见,只允许有限的一些人进入法庭。那些因被拒绝旁听而深感怨愤的人在法庭门口等待囚车的到来,为的是咒骂、侮辱那些俘虏,和向他们吐唾沫,投掷各种各样的东西砸他们,他们最喜欢扔的是石头。审案的时候,许多人等在法庭的门外,兴致勃勃地从站岗的士兵那儿和牧师以及修士的说教中获悉案件审理的进展情况。那些牧师和修士爬到长凳子上或葡萄酒桶上发表鼓动性的演说,大骂巫师巫婆和他们的追随者。当审理完毕,那些犯人被送回监狱的时候,辱骂声和投石头就更是激烈疯狂了。罗戈洛尼奥的所有人都在谈论被审讯的巫婆巫师,恐怖地评论着他们的劣迹和罪行。没有一个人说过他不认识某个巫师或巫婆,或没有遭受过他们的巫术的伤害和欺骗。总之,人人都是他们的牺牲品。

"你好像不太相信这些倒霉的家伙有罪……"

这句话是在庭审休息时瓦列·阿尔瓦拉多对萨拉萨尔博士说的。当时他正在品尝一杯国王们喝的巧克力。这是一种来自美洲的很强烈的略带苦味的饮料,由可可树的种子加蜜加工制成。

"对,我不相信。"

萨拉萨尔似乎对继续谈话不感兴趣,于是手里端着一杯热巧克力走到窗边去。从那儿他可以看到拥挤在门口等待判决结果的人们。

"证据是确凿的，"硕士走到他身边继续说道，"这些证据清楚地证明他们中间的大多数人是有罪的。"

"硕士先生，你真的认为这些人能够在空中飞行和干出你断定的那些荒唐事吗？他们中间有些人已八十多岁了……"

"他们全都招供了呀！"

"那么，在你们逮捕他们的时候，他们为什么不飞到天上去？为什么不杀死你们或把你们变成蛤蟆？"

"人所共知，当他的门徒被发现了的时候，魔鬼就会抛弃他们。"硕士对这个问题似乎有点发火了。"再说，供词就摆在那儿！"他指着放在桌子上的一大堆文件高喊道。

"那是在各种高压下拿到的……"

"那是让犯人招供的合法手段，我要提醒你。没有一个头脑清醒的人在不受任何折磨的情况下会承认自己有罪。"

"问题就在这儿。用刑罚获得的口供到底有多大价值？"萨拉萨尔仿佛是自言自语，"多数人都受不了痛苦的折磨，只要你不停止对他们动刑，他们都敢承认杀死了自己的母亲。"

"你让我感到惊讶，萨拉萨尔博士。你不是第一次这样表现了，我知道，你从来不会装腔作势。"

"也许是因为我已经老了，我越是上了年纪，我的疑问就越多。"

"在这个案件上你不可能有疑问！他们都是有罪的，受惩罚是最有应得。你能允许一个肮脏的团体亵渎神圣的天主教的支柱吗？"

硕士已经提高嗓门，大厅里其他在场的人都转过脸去惊讶地看着他。

"好了，朋友们，我们不争论吧。这次审判超过了预定的时间，我们都累了，干脆结束吧！"

自从这次审判开始，贝塞拉·霍尔金博士就没睡过一个整夜的觉。他一闭上眼睛，就看到一张张被告们的脸，有些脸是痛苦的，有些脸则露出挑战的神气。那些罪犯之间有父亲和儿子，有兄弟，有内兄内弟，也有叔侄。有些被告决定跟法庭合作，供出材料、日期、事件的详情和有关人的名字。霍尔金准备从轻处理这些人，但是对那些顽固不化者，他可就毫不客气了。这些人面对控告他们的证据，断然拒绝事实和否认他们有罪。显然他们是有罪的。他们昂首挺胸地看着法庭，表现出与他们农夫和牧人身份不相称的傲慢，用他们自己的语言放肆地回答法官提出的问题。翻译他们的语言，翻译官工作得相当吃力。有时候，在审问的时候，霍尔金觉得那些犯人是在嘲弄他们的同行和他自己。他心中暗想，他不懂他们的语言，一句都不懂，这真是一大缺憾，因为他敢肯定，翻译一定会漏掉点什么。在某种意义上，那些犯人让他回忆起了殉难的圣徒们。几个世纪前，那些圣徒面对科尔多瓦的哈里发大骂伊斯兰教徒的上帝。不消说,他们要被处以死刑。很快,他就放弃了这种比较。因为,巫师是绝对不会去殉难的。殉难的圣徒是为基督献出自己的生命,但是,巫师是为谁献出生命呢?为魔鬼?为了维持他们古老的信仰?这是毫无意义的。一旦他们被火焚、骨灰被风吹走之后,那就没有人会再记得他们了。

"我们干脆结束吧!"霍尔金博士又重复道。

在法庭的监狱里挤满了近两千名被指控玩弄巫术的人,他们大多数来自纳瓦拉古王国,而国王要求立即对他们作出判决。由于监狱里条件恶劣,每天都会有某个犯人死去。在苏加拉姆迪被逮捕的人已经死了六个,其他的人全病了。按这样的速度发展下去,到公开实施火刑惩罚的时候,恐怕连一个活着的都没有了。

法庭的争论一连持续了几天,但是最后达成了一致。那些悔悟者和合作者尽管依照他们的过错受到了各式各样的惩罚,但最后得到了宽恕。在名单上留下了十一个人的名字打了红叉叉,他们是承认有罪但却顽固不化的巫师,这些人被判了火刑,不管是死了还是活着,其中七个为女人,四个为男人,他们都是来自山区小镇。公开处以火刑是在那个 1610 年当年的 11 月 7 日和 8 日举行的。法庭的判决书在大街上公开宣读,并且张贴在镇上的一些地方,在民众中引起了极大的震动。从来没有一次烧死过那么多巫师呀!

萨拉萨尔·伊·弗里亚斯博士保持绝对的沉默。他在形势的迫使下,不得不签署了判决书。

"我们是两票赞成,你是一票反对,"瓦列·阿尔瓦拉多手里拿着让他签字的判决书、带着掩饰不住的喜悦对他说,"我们必须这样做。"

"只是我要受到良心谴责的。"

"如果让人知道有一个法官同情犯人,我们会给人家留下非常坏的印象的,"阿隆索·贝塞拉补充说,"不管我们的上司、教皇,还是国王,一旦知道这件事,他们也是绝对不会理解的。"

"我不能签署一份存留疑问的判决书。"

"你必须签署!"硕士几乎尖叫起来。

"你必须签署。"庭长斩钉截铁地说。

就这样,萨拉萨尔·伊·弗里亚斯只好签署了判决书。他明白,他要后悔一辈子的。他寻思,归根结底,那些不幸的人们尽管不会飞到天空,不会杀害儿童,也不敬奉魔鬼,但由于维持异教的信仰,还是犯了异端邪说之罪,对教会造成了威胁。尽管这样想,他还是在当天就给宗教法庭最高委员会写了一封信,要求能对纳瓦拉地区和吉普斯科阿纳地区进行一次认真的调查。这是为了他本人,为了十一个被判处了令人毛骨悚然的火刑的人,也是为了最近一百年因巫术罪而被判处死刑的人。

9. 玛达伦和玛乌达丈夫的弟弟

玛达伦和玛乌达丈夫的弟弟混在几十个人中间进了纳瓦拉镇门。他们设法把马车停在了宗教法庭监狱附近的一个小广场上。那座监狱是由原来的一座古老军事堡垒改造成的,潮湿而有害于健康。玛达伦和那位陶器商人一面观察周围的环境一面卖货,为的是不引起人们的注意。

陶器商人胡利安是一个非常了不起的人物。玛达伦从一开始就喜欢上了他。他长得瘦瘦的,一头白发,做事不慌不忙。他讲得一口流利的巴斯克语和西班牙语,也会讲点法语,加泰卢尼亚语也有相当的水平。据他对玛达伦说,他漫长的一生都是赶着马车度过的。首先是跟着他也是陶器商人的父亲,而后是他独自一人。他车上装满了陶锅、平底锅、陶制大水罐、靴子、筛子、刀子,以及无数的其他各式各样的货品,不停地从纳瓦拉的南方跑到北方,走遍了里奥哈以及阿拉贡和加泰卢尼亚各地。

"靠了我这许多年的积蓄,我可以'退休',在多雷亚加镇安度晚年了……但是,我可以肯定,如果我什么事也不做,我会感到无聊的,"他向玛达伦敞开心扉说,"在这儿,我赶着我的马车,感到自由自在而幸福。我跑在路上,爱在哪儿停就在哪儿停,我认识各个地方的人。如果我把我漫长的一生所看到的一切告诉你,并且告诉你我还要继续干下去,直至干不动了才罢休,你会感到惊讶的。"

"你从来没结过婚吗?"

"从来没有。我爸爸由于长期出门在外,他没有让我母亲得到幸福。母亲去世的时候,我和父亲都没有在她身边。所以很久以前我就决定了不把我的命运跟某个女人联系在一起。我将死在某个地方,某个时刻,到那时,不会有任何人为我的消失而哭泣。"

"玛乌达会的。"

"玛乌达是个好女人,她很爱我的哥哥,她很快就失去了他。但是,她跟我一样是个自由人,尽管她几乎不走出家门。每个人都以自己的方式找到他的自由,我的自由就在这辆老马车上。"

胡利安决心帮助他的年轻的被保护人,但是时间却是太紧迫了。日子一天天地过去,但是他们始终没找到一种办法接近犯人。只有出现一种奇迹才能改变事情的方向,而这种奇迹居然真的非常意外地出现了。

一伙从事慈善事业的夫人到监狱去，给犯人送去食品、被褥和衣物，照顾一大堆病人。老军事堡垒里的可怕的潮湿、大老鼠和缺乏食物以及犯人的身体虚弱，每天都导致有犯人死去，有时候不止死一个人。由于担心到在镇外举行他们如此精心准备的火刑仪式时主角已所剩无几，政府当局允许那些从事慈善事业的妇女进入监狱。一天上午，一个这样的妇女在马车前停下来，她被一台小型绞肉机吸引住了，那是最新产品。她身上扛着几个沉重的大口袋，胡利安没有错过这个机会。

"您扛的东西太多了，夫人。"胡利安一边把绞肉机拿给她看一边说。

"没办法呀！"女人叹口气说，"不过这是义务，帮助自己的同类是所有善良的基督教徒的义务。尽管这些不幸者有恶行，但他们也是上帝的生灵呀。"

"你真是太慈悲了，"胡利安夸奖她说，"不过这些口袋那么重，会伤害你的身体的。几年前我就认识过像你这样好心肠的夫人。她帮助一个非常贫穷的修道院的善良的修女，但是由于肩扛像你这样的沉重的口袋，最后造成了心力衰竭。这是一件非常可悲的事，因为当时她还非常年轻。差不多也就是你这样的年龄……"

陶器商人看到那女人脸上出现了沮丧的表情，极力掩饰着开心的微笑。

"请允许我的女儿帮助您吧,"他继续说道,"这个可怜的孩子又聋又哑,但是她很殷勤,非常乐于助人,她会很高兴陪伴您,也顺便帮助那些不幸的罪孽沉重的人。"

胡利安打着手势把他说的话翻译给玛达伦听,仿佛她真的是个聋哑人。那女人马上就答应了。她打着手势朝玛达伦指了指口袋,后者立即就把口袋扛在了肩上。

"那个绞肉机……"

"我不是那种为一件不值几个钱的陶器向一位如此慈悲心肠的夫人要钱的人!"陶器商人慷慨地说道,"如果您能接受这个绞肉机,让我表示对您的工作的崇敬,那您是对我的一种恩惠。"

胡利安一边看着两个女人走进监狱,一边祈祷姑娘不要发生任何不测,至少让姑娘再看到一次她的母亲,得到些许的安慰,那也许是她最后一次见到母亲了。

10. 即使在最恐怖的噩梦中

即使在最恐怖的噩梦中,玛达伦都不会想到走进罗戈洛尼奥宗教法庭监狱时看到的那种景象。在装着铁窗的牢房里,男男女女拥挤在一起,跟牲畜没有什么两样。牢房里臭气扑鼻,墙上挂满了绿色的苔藓,老鼠在过道上跑来跑去,毫不担心会受到什么惩罚。每二十步的距离点燃一个火把,但是不足以把楼内照亮。扛口袋的女人径直朝一间牢房走去,她要求看守打开牢门。看守好奇地看了一眼陪她而来的姑娘,但没有说什么,就放她们进去了。那间牢房关着七个女人。

"她们都被判了火刑。"扛口袋的女人贴在玛达伦的耳边说。她忘记了陶器商人给她说的话:姑娘是个聋哑人,既听不到什么,也不会说话。

玛达伦没有听懂她说的话,但是她的双腿已经开始恐怖地打颤了。尽管光线微弱,女犯们肮脏而神色凄惨,但是她还是认出了苏加拉姆迪的两个女人和另一个乌达苏比的女人。一时间，她担心她们也会认出她来，但是那些女人的眼睛只是看，却是看不见东西；即使她们的亲儿女来到她们面前，她们也不会认出来的。带玛达伦进来的女人从口袋里掏出一个陶罐、几个半圆形的木汤钵和一罐温牛奶。她一面向木汤钵中盛东西，一面用手势指给玛达伦送给哪位囚犯。最后一个木汤钵盛了满满的牛奶，她指示姑娘送给趴在角落里的一个女人。

"我担心这个女人活不到受火刑就会死去。"她高声说道，没有去想姑娘听到听不到。再说，反正那个角落的女人也不会听懂她的话。

玛达伦走近了那个女人。一认出那个几乎不能呼吸、悲惨得令人心碎的女人就是她母亲，她手中的牛奶就差一点掉在了地上。她在母亲身边跪下来，把牛奶放在地上，一边用一条胳膊扶起母亲，一边用另一条胳膊强喂她喝奶。她想吻她一下，告诉母亲她在这里，就在她的身边，女儿是来救她了。但是她没有说话，因为她跟母亲的安全都处于危险之中。埃斯特瓦尼娅喝牛奶慢得令人着急，她甚至企图用一只手推开牛奶拒绝喝。但是玛达伦坚持强迫她把木钵里的牛奶一小口一小口地喝光了。

"这个姑娘，她是什么人？"

一个声音在她的身后响了起来，她感到像被抽了一鞭子一样，惊恐地回过身去。看守和另一个人走进了牢房，他们以凶狠的目光看着她。

"你到这儿来!"

第二个人的声调和手势都非常明确。姑娘看了那人一眼,但是没有动。那个人没有把他的命令说第二遍,而是不顾扛口袋的女人的抗议,抓起玛达伦的一条胳膊将她拖到了牢房外面。一会儿之后,玛达伦就进了一所肮脏的大房子。那儿还有一些其他人和看守,他们似乎都用一种不乏怀疑的好奇的目光望着她。

"我在这儿从来没有见过你,你叫什么名字?"好像是个头头的那个人问她。

姑娘干脆露出了满脸的恐惧,那种环境让她这样做并不困难。她继续沉默不语。那个人的声音越来越凶,最后他愤怒地摇晃着她的身子逼迫她说话。其他的看守围在她的身边,跟那个人同样凶。玛达伦断定自己不会活着出去了,她只好听天由命,在那儿想着自己的母亲死去。她闭上了眼睛,但是,忽然听到那个扛口袋的女人的声音,她把眼睛睁开了。那女人怒气冲天,用手指着那个像是头头的人讲话。在她的身旁,一个眉头紧锁、双唇紧闭的牧师用闪光的眼睛看着所有人。看守们一个接一个地离开了那个圈子,最后就剩下姑娘一个人留在房子中间了。扛口袋的女人走近她,用母亲般的亲切语调说了点什么,然后用一条胳膊搂住她的肩膀,将她带出了那儿。

过了好一会玛达伦才还过神来。扛口袋的女人一直把她送到马车旁,又跟陶器商人说了点什么才离开,离开前她抚摸了姑娘的面颊,还灿烂地冲她笑了笑。

"不用怕,一切都过去了。"

姑娘依然恐惧地浑身打抖,她无法把母亲趴在地上几乎像个死人似的形象从脑海中驱除走。那些监狱里的人围着她对她进行威胁的情景同样顽固地留在她的脑海里。但是,她朋友沉静的语调和从酒馆买来的一碗热气腾腾的肉汤终于让她平静下来。她把发生的事情告诉了她的朋友,并且第一次向他说出了关于粉末的事,这个秘密她一直保持到那时。

"但现在事情还是一样,"姑娘说着呜咽起来,"我再也不能接近我的母亲,归根结底,她的情况太糟糕了……"

"你安静点,姑娘,安静点。现在离执行火刑还有几个星期,我们总还可以想点办法出来。"胡利安鼓励姑娘,尽管他心中明白,就凭他们一个陶器商人和一个农民,要想进入那座堡垒从那儿救出女犯人,那是痴心妄想。

出乎两个人的意料,那个扛口袋的女人第二天又到马车这儿来了。她先是把绞肉机夸了一番——好像她用得很顺手——然后就关心起玛达伦来。

"我感到很对不住姑娘,让她受了那样的惊吓,"她内疚地说道,"那些男人非常粗野,没有礼貌,不过你们应该理解他们的职业。他们不习惯与有修养的正派人打交道。不过话也说回来,我也有点过错。"

"看您说的,您有什么过错,夫人?"

"我忘了进入那个地方需要有通行证。一般情况下没有人向我要这种证件……"她解释说,重新又笑起来,"昨天出面干涉的那位监狱小教堂的牧师替我给您的女儿办了一个通行证,如果她想继续帮助那些迷途的可怜的女人的话……也许说来你们不相信,不过真的是很难找到慷慨的人愿意帮助那些犯人。"

女人拿出了通行证,这一次是玛达伦脸上笑得开了花。她不需要胡利安翻译,拿过通行证就装进口袋里。然后她抓起装东西的口袋,向女人轻轻地鞠了一躬。一会儿之后,两个女人就走进了堡垒,从陶器商人的视野里消失了。从此之后,每天玛达伦都焦急难耐地等待那个女人出现,一看到她走来,就立即迎上去。只需两次拿出通行证,她就可以毫无阻挡地进出监狱了。有时候她会碰到某个第一次她进监狱时威胁她的人,但是没有一个人再找她的麻烦。她的女保护人对她非常满意,最后便让她一个人单独去见那些女死刑犯,而自己去照顾其他的男犯人。

尽管她竭力装得似乎很镇静,但是当玛达伦进入那个臭气熏天的黑洞时,还是觉得憋得透不过气来。在那儿,女囚们一个个渐渐地停止了呼吸。玛达伦想绝望地、愤怒地叫喊,但是她一直控制着,直至看守关上牢门离去。那时,她眼含热泪给那些可怜的女人喂饭,抚摸她们的脸,对她们悄悄说些安慰的话。然后她就坐到母亲身边，把她抱起来轻轻地摇晃着她，强迫她把预先放了个鸡蛋和一点滋补酒的牛奶喝下去。那鸡蛋和滋补酒是胡利安为她提供的。酒虽不多，但至少可以增强埃斯特瓦尼娅的抵抗力。

一天，玛达伦发现牢门敞开着，里面有几个男人用松明子火把照明。他认出了看守们的头头和其中的几个人。一位穿着考究的先生正在检查一个女人，玛达伦紧咬着下唇不让自己恐怖地喊出来。那个女人死了。她往角落里扫了一眼，看到她母亲还躺在那儿。证实了这一点，她松了口气。母亲的确仍旧躺在那儿，但是她不能走近她。如果看守的头头发现她母亲的样子会把她扔到外边去的。后来她才知道，据她的女保护人对胡利安讲，监狱里宣布发生了一种瘟疫。那女人还告诉胡利安，前一年的同一个时期也闹过一次瘟疫，死了很多囚犯。

"这次瘟疫会跟那次一样，"女人忧心忡忡地说，"我为那些不幸的囚犯感到难过，但是你们会理解，我要尽量离开他们远些，至少是在这场瘟疫过去之前，因为我有丈夫和孩子，我首要的责任是照顾他们的健康和我自己的健康。"

"当然了，夫人！"陶器商人以非常理解的口吻高声说道，"您不能去冒险，您做得已经够多了。"

胡里安和玛达伦伤心地看着那个女人离去。发生瘟疫这件事不仅仅是个坏消息，而且，玛达伦要重新进入监狱的可能也仿佛烟雾似的从指缝里飘走了。那天晚上，由于考虑如何再去见母亲，她整夜未能入眠。

"我有通行证。"当胡利安醒来的时候她对他说道。

"你说什么？"胡利安问，还在半睡半醒中。

"我有通行证，随时都可以进出监狱。"

"可能会很危险的……"

"不会比已经发生过的事情更危险的。"

"瘟疫……"

"我已经患过一次瘟疫，我好了，没事。"

尽管陶器商人十分担心，姑娘还是执意要独自进入监狱。于是两个人去了市场，购买了面包、牛奶和水果。他们把这些东西放进一个口袋里，然后玛达伦竭力装出一副自信的样子，一手拿着通行证，一手提着口袋，直奔监狱的门口而去。她没有必要出示通行证，因为显然已经没有了门卫。进入监狱大楼之后，她碰上了看守，后者惊讶地看了她一眼。那人给她说了点什么，摇着头示意她不要进去。但是，她打开口袋，拿出一个面包，用它指着通向牢房的黑咕隆咚的入口。看守耸了耸肩膀，把钥匙递给了她。当然，他根本不想陪她一起进去。玛达伦拿过钥匙便消失在那黑乎乎的过道里。

姑娘每天都到监狱去，但是她还是没找到办法把埃斯特瓦尼娅从那儿救出来。她看到埃斯特瓦尼娅的身体时刻在衰弱下去，对自己的无能为力十分着急。她身上带着装粉末的红色小口袋，但是她不敢用。她在想，用了之后会发生什么情况？他们将怎样处置母亲？但是，作为对她的回答，一天上午，她走进牢房时，发现玛丽娅·德索萨伊娅死了。这个女人是女囚中年纪最大者。本来，法官答应如果她合作将会宽恕她。但是，法官没有兑现对这个可怜的女人的许诺，而是依然将她判了火刑，理由是她的罪孽过分沉重。姑娘惊恐地跑去找看守，开头后者拒绝跟她一起到牢房来。但是，姑娘抓住看守的袖子，不停地比划着，并且一直用一只手捂着嘴，以免暴露自己，最后终于把看守拖到了牢房前。看守在门口往牢房里看了看，然后便马上离开了。过了一会儿，两个用毛巾一直把脸遮到眼睛、手上戴着手套的男人进了牢房。他们把那个老夫人的尸体塞进一个口袋，拖出了牢外。玛达伦紧跟在他们后面，她需要知道他们把尸体扔到哪儿去。那两个人出了监狱，直奔附近一块有围栏的地方而去，那儿是用来做公墓的。他们把口袋里的死尸放进最远处一个很浅的坑中，随便埋了几铲土，就急急忙忙地离开了。

"明天我也这样做。"回到马车那儿时，玛达伦对胡利安说。

"你认为这样做行吗？"胡利安带着怀疑的神气问。

"这是我最后的希望了。"

第二天，玛达伦没有在早上去监狱，而是待到黄昏时才开始行动。没有人在牢狱门口拦阻她，也没有人注意她。监狱大楼里像沙漠一般死一样的寂静。看守正在吃饭,他把钥匙递给姑娘,又看了她一眼,并且用食指指着太阳穴,意思是说姑娘又回到那儿真是"神经病"。然后,就又去吃他的饭。玛达伦一走进牢房便直奔她母亲的身旁,强迫她喝了一点用水调好的小红口袋里的粉末。然后,就攥紧拳头等待安德拉·盖拉告诉她的效果。不一会儿,埃斯特瓦尼娅的身体就变得像大理石雕像一样僵硬而冰冷。像前一天一样,姑娘跑去找看守。这一次,看守只是点了点头表示答应就离开了,随后姑娘就跟两个遮着脸的男人回到了牢房。他们重复了前一天的操作过程,把玛达伦的母亲装进一个口袋,拖到了埋葬的地方。

玛达伦等那两个人一走,就除掉母亲身上的土,打开了口袋,让母亲脸朝上躺在地上。然后,就急急忙忙地奔去找胡利安,后者马上跟随她来到那片墓地。姑娘扑到母亲身上暖和她的身子,这是智慧女人教给她做的。陶器商人揽住她母亲的腰,强行让她站起身来。

"没时间了!别的以后再说,快!"胡利安紧张地喊道,"你抱住她的脚!"

他们拖着那个仍然在口袋里没有生命迹象的躯体,走到了围栏地的出口,时刻担心会撞上某个人,但是看来那里没有任何人。没有人不害怕传染上瘟疫。负责牢狱工作的人,一有机会就会离开那个该死的地方。他们没走多远,还没到大街上,胡利安就把埃斯特瓦尼娅放到地上,并且叫玛达伦等在那儿。他拔腿就跑,穿过大街,坐上马车,把马车赶到了埃斯特瓦尼娅和姑娘身旁。这一次,他把埃斯特瓦尼娅扛到肩上,一个人就把她放到了车上,然后为她盖上了毯子。

"上车!快!"胡利安向姑娘喊道。

11．两个多月已经过去了

自从逃出罗戈洛尼奥，两个多月已经过去了，但是玛达伦仍然心有余悸。每当出门的时候，她总是四处张望一番，担心随时会有那些穿黑衣服的人出现。她从来没有睡过整夜的觉。

她跟胡利安一起出门的时候，为了不引起人们的注意，总是悄悄地跑出来。但是，一旦他们离开了镇子，胡利安就赶着马飞奔起来。一直到跑出几英里之后他们才停下来，看了看，没有发现有人跟随。玛达伦钻进马车里，又给母亲盖了一条毯子，便在她身边躺下来，母亲的身体仍然冰冷，脸色像蜡一般，嘴唇青紫。姑娘闭上眼睛不去看母亲，只是紧紧地抱着她为她取暖。

下午后半晌，他们到达了多雷阿加，直接就去了坐落在镇子有点偏僻的地方的玛乌达家。玛乌达没有问什么，便帮助他们把埃斯特瓦尼娅从车上抬下来，安置在家中。她跟玛达伦一起脱光埃斯特瓦尼娅的衣服，用荨麻揉搓她的身体，直至感到双手发热,然后就把她用几条毯子包裹起来,放到火塘旁边的草垫子上。两个女人日夜守护着埃斯特瓦尼娅,就连胡利安也值了两次班。埃斯特瓦尼娅在到达那儿后第四天的晚上终于睁开了眼睛。女儿坐在她的身旁,目不转睛地望着她。

"玛达伦,你在路的拐弯处看到有树枝吗?"埃斯特瓦尼娅吃力地问女儿。姑娘激动地笑了起来。

开始很慢。随着时间一天天地过去,埃斯特瓦尼娅很快恢复了力气。但是那可怕的经历在她身上留下了深深的痕迹。她清醒过来,但是几乎不记得任何发生的事情。尽管如此,一到了晚上,她就看到到处是穿黑衣服的人、绳子、镣铐和大老鼠。她经常焦急地在黑暗中醒来,大汗淋漓。那时,她摸摸睡在她身边的女儿,慢慢镇静下来,直至再做起下一场噩梦。

"别去管她,"每当玛达伦问玛乌达她该怎样去帮助她的母亲的时候,后者就这样劝告她,"她需要一段时间才能彻底恢复。我告诉你,也许她永远也不会彻底恢复。我们人类是非常脆弱的,任何一件事情都可以把我们撕得粉碎。她的身体在恢复,但是她心灵的创伤永远也不可能愈合。"

当埃斯特瓦尼娅入睡的时候,玛乌达和玛达伦会低声交谈,她们不想当着埃斯特瓦尼娅的面谈论所经历的那些可怕的事情,更不愿意提及来自罗戈洛尼奥的最新消息,那些消息在整个王国到处传扬,许久以来,没有一个角落、一个圈子或一个家庭不谈论那件事情。一种从无先例的歇斯底里浪潮在整个地区导致了无数控告女巫的案件。宗教法庭在短短的几周之内受理了比前十年还要多的控告。

"被告的人是那么多,以致受理那些案件整整持续了两天。"多雷阿加的一个女人对玛乌达说。

如果说在审案期间许多人去了罗戈洛尼奥,那么在进行宣判和确定了对犯人执行火刑的日子之后,去那儿的人就更是多得多了。镇子上挤满了数千个来自四面八方的人,只要能在执行火刑的日子里待在那儿,他们毫不在乎在室外露宿。镇子上人山人海,各种年龄的男男女女甚至孩童都要去亲眼目睹他们所盼望的那个仪式。在当局正式举行仪式之前许久,他们就占好了位子,人人都想占有一个最佳的地方,以便把一切都看得清清楚楚。有些人带着夹肉的长面包和瓶装水,也有人带着一袋袋的食品,准备那一天仪式会拖得时间很长。在那儿也可以看到卖小面包、苹果、葡萄酒和各式各样商品的小贩,他们打算利用那个机会捞上一把。

第一天,宣读了对十一个男巫处以火刑的判决书。有五个女巫已经死在了牢里,因此只是展示了她们的画像和她们棺木中的尸体,并且一起跟男巫焚烧。此后,最后一次威逼活着的巫师悔悟。当局对他们说,如果他们表示悔悟,他们在处死的时候将没有这样痛苦,因为在对他们实施火刑之前,先是将他们绞死。但是，面对这种威吓，没有一个人作出反应。有些犯人难以相信对他们正在发生的事情。尽管法庭原先许下了诺言，但还是判了他们死刑，其借口是他们犯下了万恶不赦的罪行。那些犯人拒绝请求仁慈处理，他们也不接受法庭提供的迅速死去的方案。于是法庭将他们带到火堆旁，将他们捆绑到柱子上，允许另外一些牧师走近他们的身旁，告诉他们如果他们表示悔改，就可以赦免他们。但是，让所有人惊讶不已的是，没有一个人张嘴求饶。

"我的妹妹肯定地说，当把那些犯人放到火上的时候，他们的惨叫声在方圆许多英里之内都可以听到，"提供消息的那个女人最后说，"真是太可怕了。"

第二天，轮到宣判其余的十八个巫师了，其中八个已经死在了牢里。他们全都被逐出了教会，而后又重新接受他们入教，随后便根据他们的罪过分别判刑。

尽管没有细说，玛乌达把这一切都告诉了玛达伦。也告诉她埃斯特瓦尼娅永远不会再成为原来的埃斯特瓦尼娅了。尽管她的情况在逐渐好转，但是玛乌达非常担心那个可怜的女人会失去理智，而且她的健康也难以恢复如常。干嘛要让那个姑娘扫兴呢？玛达伦天天问玛乌达她的母亲何时可以旅行，胡利安已答应在母亲和女儿健康恢复之后送她们回家。玛乌达企图说服姑娘让她相信至少要等到春天到来，因为冬天容易跌倒，对朝北方旅行来说，那不是一年中的好季节。

"如果下雪你们怎么办？遇上大风暴怎么办？"

"不会有事的。"玛达伦脸上挂着微笑说。"圣诞节之前不会常下雪的。如果我们走快一点儿，两三天就可以回到家中了。"

12月中旬的一个上午，玛达伦、她母亲和胡利安，三个人踏上了向北方的征程。陶器商人从马车里掏出了许多准备卖的东西，腾出空间在里边为埃斯特瓦尼娅放了一个垫子。他带了一大堆毯子和羊皮，准备了足够的食物，以便不在路途中任何一个镇上停下来，还有一条尚能使用的老火枪和火药，一个斧头和一把大刀。那斧头和大刀是用来砍甘蔗的，为的是防备路途上倒霉遇到某个拦路打劫者或者是宗教法庭法官瓦列·阿尔瓦拉多本人。一切都有可能发生的。在作出最近一个时期的努力之后，胡利安不准备再冒任何危险。他答应送两个女人回家。为了纪念他死去的母亲，他要做这件事！

"你要小心，月亮的女儿。"玛乌达对玛达伦说，同时紧紧地拥抱了她。

"这是你第二次这样叫我，这个名字是什么意思？"姑娘问道。

"她会告诉你的。也许……"

"谁？"

"安德拉·盖拉。"

玛乌达看到姑娘的眼里露出惊讶之色，微微地笑了，在重新转身进入她的家之前,她挥手向姑娘告别。最后几个星期唤起了她对那些往事的回忆,或者说她原本是要忘记那些事情的。但是,每个人就是每个人。没有任何事和任何人能够避免这一点。

12. 通向小区的路途

通向山区的路途结果比想象的要更为艰难。他们刚一离开潘布洛纳，大雪就从天而降，在到达贝拉特港之前，地面上就结起了薄薄的一层冰。随着沿途而上，冰就越结越厚。玛达伦和胡利安从车上下来，前者牵着马缰带路，后者用尽全力在后面推车。凛冽的寒风抽打在他们的脸上，他们的双脚在地上一步一滑，那陡峭的斜坡似乎看不到尽头。当马匹拒绝继续前进的时候，他们不得不在一个牧人的茅屋里停下来。姑娘记起了在去罗戈洛尼奥的路上她的驴子发生的事情，很为她的母亲担心。无论如何，他们步行是绝对到不了苏加拉姆迪的。雪越下越大，天气越来越冷。由于害怕马在暴风雪中被冻死，他们不得不把它也牵进了茅屋。他们没法生火，因为没有木柴，再说烟雾会让他们窒息。三个人和马匹躲在那间茅舍里，盖着毯子互相取暖，忍耐了整个晚上。

玛达伦唯一担心的是她的母亲是否能抗得住，她用自己的话语鼓励她，为她加油打气，同时她和胡利安都用自己的身体保护她。她知道埃斯特瓦尼娅听不到她的话。由于在出发之前母亲服用了玛乌达提供的药末，致使她此刻仍旧处于半昏迷状态。

"如果看到她像是醒不过来，你不要担心，"玛乌达这样告诉了她，"我给她吃的那种东西至少要让她睡两天。"

姑娘又一次心中琢磨，如果她们回不到家中，一切的努力和磨难都是毫无价值的。她相信她的母亲只有在家中才能恢复健康，因为安德拉·盖拉将会帮助她。最近几个月将会像一场噩梦似的过去，这场噩梦在以后的几个冬天里会像其经历的一部分留在她们的记忆里，但是，随着时间的过去，她们会渐渐忘记。当她母亲的健康状况转好之后，她们将离开那座茅屋，远远地脱离那个修道院院长和那些穿黑衣服的人的控制。她们将在山上安家。既然那个老智慧女人能够在森林中活下来，她们同样也能够在那儿活下来。为了生活她们不需要太多的东西，她们需要的东西在任何地方都能得到。

第二天黎明，天气十分的晴好。天空明晃晃的，在太阳尚未出山之前，就散发出了万道光芒。玛达伦和胡利安算计了一下路程。在到达第一个有人居住的地方之前，还有相当一段距离。地面上覆盖着一层两指厚的白雪。马经过休息之后似乎已经恢复了体力，但是胡利安和玛达伦怀疑它能够连续三天拉车。那时，陶器商人作出了个决定,使得姑娘既惊讶又激动。

"我们用毯子把你母亲包裹起来,拴在马上驮着,"胡里安果断地说,"她不是太沉,我们两个步行赶路。"

"可是……你的车,你的东西……"

那男人笑了,随后耸了耸肩膀。

"谁还去管这事?"

不一会他们就又重新赶路了。埃斯特瓦尼娅被牢牢地捆在马上,而她的女儿和胡利安则牵着马缰前进。尽管天气寒冷,双脚陷在雪中,行走十分困难,但是在许多月份里,玛达伦第一次感到心情平静下来。空气新鲜,景色美妙。他们不知疲倦地欣赏着那大好的风光:大地银装素裹,唯有星罗棋布的冷杉和刺破蓝天的座座山峰凸显出它们黑色的身影。在如此壮丽的景色中,她只是一个无足轻重的小点点,她感到自己太渺小了。但是,尽管如此,她却是周围那片美景的主人。

他们决定在阿尔曼索斯的一个客店里休息几个小时。那是一个很可怜的地方,但供三个精疲力竭的旅客休息还是足够了。当玛达伦和胡利安带着依旧像个包裹似的裹在毯子里的埃斯特瓦尼亚走进去的时候,店主和他的妻子并没有问什么。那个意外的藏身之所、热腾腾的饭菜和他们如此需要的几个小时的睡眠,给了他们新的力量让他们重新上路。玛达伦不知道她的朋友怎样用那匹马换了一匹年轻而健壮的骡子和一辆敞篷小马车,尽管她想到了胡利安为此除了交出多年辛辛苦苦为他效劳的伙伴之外,还给了店主一部分他的多年积蓄。

"我是一个能干的商人,"当玛达伦问他的时候,他只是这样回答,"我买卖的价钱都很合算,我一辈子都是干这事。"

"我真不知道我们怎样来报答你给我们做的这些事。"

"谁说要报答了?"胡利安笑了笑就骑上那匹光腚骡子,拉起了缰绳。

除了那匹骡子和那辆小马车之外,胡利安还弄到了许多吃食:面包、火腿、两条血肠,甚至一小罐供埃斯特瓦尼娅享用的热粥,此时后者已开始不安地动弹了。

在剩下的旅途中,他们没有在任何村镇停歇。就连在埃里松多也没有停一停。但是,越是临近苏加拉姆迪,玛达伦也越开始感到不安了。她失去了几天前的安全感。当他们到达那间茅屋的时候,如果看到别的家庭已经住在那儿该怎么办?那时,他们要去哪儿呢?在不了解情况之前,他们不能去镇上。他们已离开镇上一年的时间了,许多事情可能都已经变了。穿黑衣服的人又回来过没有?此外,修道院院长堂莱昂是否还继续是这个地方的主人?他可是知道她的母亲是被判了死刑的呀!他会问起这件事的,有可能他会把她重新送回罗戈洛尼奥处以死刑的。

"你不要担心!"

胡利安的声音让她吃了一惊。

"我担心什么？"她问，力图装出很平静的样子。

"好长时间你都一言不发了，我想你在想你的家。"

"我不知道我们是否还会有家……"

"你不要担心！"他再次说道，"直到现在，我们还不是那么倒霉！有问题我们会解决的……"

她朋友的乐观让她的情绪安定下来。但是，当看到距乌达苏比只有几英里的阿玛九尔高地时，恐惧又重新向她的心头袭来。他们必须从镇子中间穿过，有人会看到他们的。所有人都将会知道在罗戈洛尼奥发生的事情，也会知道她们的自行消失。很快就会传开女巫埃斯特瓦尼娅的和她的女儿已经回来了。玛达伦想起了堂佩德罗·德佩特里桑塞纳。他帮助过她一次，也许他还会再帮助她一次。

"到教堂那儿停下来，"姑娘恳求胡利安说，"牧师是我舅舅。"

当姑娘叫开舅舅的门，牧师认出了妹妹和外甥女的时候，禁不住立即泪流满面了。自从那辆塞满了囚犯的车子在他眼前穿过的不祥的日子之后，他一直热切地向上帝祈祷。他无法把宗教法庭法官满意的笑容和骑在驴子上的年轻的亲戚的刚毅面孔从他的脑海中抹掉。罗戈洛尼奥对犯人执行火刑的消息也传到了他那儿。还没有一个被捕的人能够回到家中。免于一死的囚犯仍然关在监狱里，或者像奴隶似地做苦役来偿还对他们判处的巨额罚款。被处决的人的名字迅速地口口相传。没有人敢高声说出那些名字,他们的家人闭门不出,深感绝望、恐怖,同时也感到耻辱。牧师时刻想到他的妹妹和外甥女,祈祷她们能够得救,尽管他明白祈祷已是无济于事。埃斯特瓦尼娅的名字在被判火刑的囚犯名单之中,而他的外甥女则音信全无。现在他看到了她们就在那儿,就在他的面前,他是那样的激动,以致好大一会儿才镇静下来。

堂佩德罗让病人躺在自己的床上,抓起她冻僵的手为她取暖,同时也要求她原谅。然后他急忙在火上煮了一锅稠稠的鹰嘴豆饭,让那刚到的人敞开肚皮贪婪地饱餐一顿。胡利安和玛达伦话也不说,只顾一木勺一木勺地往嘴里塞饭,就连埃斯特瓦尼娅在甜甜地进入梦乡之前也吃了一点。

尽管十分的劳累,两个男人和姑娘还是直到深夜才就寝。堂佩德罗希望了解所发生的一切,玛达伦一五一十地全部讲述给他,有些地方胡利安则作了补充。

"这里的情况怎么样?"玛达伦最后问道,她害怕舅舅的回答。

"怎么说呢……一切如常。跟先前一样……"沉默了许久,牧师最后回答说,"宗教法庭的法官没有再到我们这个地区来,堂莱昂仍旧是这儿的主人。许多人开头都躲着他,好像他是个患了瘟疫的人。但是,无人不知,人们是健忘的,或者说,也许是最好把事情忘记,继续生活下去。堂莱昂最近故态复萌,如今他又说在阿莱奥斯地区有一伙巫师。已经有些女人被捕了。但是这一次他忽发奇想,居然指控那个镇子最重要的人物的母亲是……"

"什么?"

堂佩德罗悲哀地笑了。

"指控的人是农民,事情可以成功。但是攻击矛头指向富人,那就是另一回事了。我不相信他们会让他走得太远。"

"我们的茅屋怎么样?"

"还是那个样子,你们走了以后,没有人去占。"

"没有安排新的守林人吗?"

"不清楚。不过,据说茅屋中了魔法,没有人想住在那儿。"

"我们可以回家了!"

玛达伦兴奋的喊叫声让两个男人笑了起来。他们以怀疑的目光互相看了一眼,但是不想给她解释回到原来的茅屋里居住会让她母亲和她是多么的艰难。诽谤仿佛一块油渍,你越擦它就扩散得越大。埃斯特瓦尼娅被指控犯了巫术罪,并且被判了死刑,大家都以为她被处死了。她的归来将掀起轩然大波。人们心中会想:她是怎么回来的?人人都会怕她。由于担心那些穿黑衣服的人重新出现,居民们都会竭力躲开不同她交往。而她的女儿也将承受这种后果。但是,尽管如此,她们没有别的地方可去。她们不能留在阿玛尤尔,在苏加拉姆迪也不会有人给她们提供栖身之所保护她们。

几个小时之后,雄鸡远远尚未啼鸣之前,几个人就登上了他们那历经坎坷的旅途的最后一段路程。玛达伦接受了他舅舅、同时也是陶器商人的劝告,他们说至少暂时要避免和镇上的任何人接触。知道她们母女回来的人越少越好。所以三个人在弥漫的晨雾中走进了森林,仿佛那大雾就是为了让他们避开好奇的人的目光而降临的。

从离开阿玛尤尔一直挂在姑娘脸上的微笑此刻变成了怀疑的神情。茅屋的状况十分可悲。她从车上下来,像个梦游症患者似地走近那间小屋。秋雨和之后的几场雪让室内积满了水,屋顶有几处塌陷了,为数不多的几件用具也不翼而飞了。她琢磨,她们很难住在那儿,在那样的条件下,她的母亲很难度过冬季余下的日子。没有屋子,没有饭吃,没有御寒的衣服,她们面临的肯定是死亡了。

"当有一天明白了一个人可以自己动手干许多事时,你会感到惊讶的。"

胡利安的声音使玛达伦转移了目光。他已经从驴子上跳下来,解开了把骡子套在车上的挽具,将骡子拴在了一棵树上。还没等姑娘明白怎么回事,他已经动手干起活来。他捡起了几块完好无损或者稍有损害的瓦,将它们码在一起,又把朽木和好木分开,然后就开始了用斧头砍树枝。

"在这些地方,最要紧的是把脑袋掩护起来!"他爬到房上开始修屋顶的时候高声风趣地这样说。

最初的沮丧情绪消失之后,玛达伦也开始动手干活了。她用手和小偷们丢在屋门附近的一个荆条扫把清除了茅屋内的破砖烂瓦和堆积的脏东西。随着时间一小时一小时地过去,她的情绪逐渐高涨起来。大雾散去,阳光洒满了大地,她感到身上暖洋洋的,精神也十分愉快。到了中午时分,他们把埃斯特瓦尼娅从车上扶下来,三个人一起吃了面包和干酪,那是牧师送给他们的。然后,玛达伦和胡利安继续干活,而女病人则在阳光的爱抚下、听着林间的声响和回想着来自昔日的喊叫声懒洋洋地入眠了。

他们不停地一直干到黄昏降临。那时,借着天色半明半暗,胡利安一句话没说就牵着他的骡子拖着小马车离开了。玛达伦过了一会儿才发现他不在了,一时间恐怖占据了她的心头。夜幕渐渐地降临了,天空已是繁星密布,大地上寒气袭人。屋顶已经修好了,但是一想到只有她们两个女人孤零零地待在那儿,玛达伦的头发根都竖立起来。尽管已认真地清扫过了,但是茅屋里空空荡荡,地上仍旧十分潮湿,她们连个躺下来休息的干树叶垫子都没有。她千百次地在心中想,那个男人实在是不应该对她们不辞而别,但是同时她也想到,他为她们已经做了许多了。她不能责怪他又去继续赶路了。她正要把她母亲拖进茅屋里,那时胡利安却重新出现了,脸上依旧是笑呵呵的,这使姑娘悬着的心一下放了下来。胡利安的车上装满了干稻草。玛达伦以怀疑的目光看着他，而那位老陶器商人却一下哈哈大笑起来。

"喂！你还愣着干吗？帮助我卸车呀！"他高声叫道。

他们把干稻草卸下来铺在茅屋的地上，还用余下的稻草为每个人做了一张床。两个人把埃斯特瓦尼娅安顿进茅屋，又点起一堆火，烟从大窗户里冒出去。胡利安还弄来了满满的一小罐温牛奶和半打硬得像石头一样的梨子，但是他们一边烤一只兔子，一边吃梨子，吃得还是津津有味。

"我在回来的路上发现了它，它被套子套住了。要是在正常情况下，我会把它放掉的。"胡利安回答一个姑娘并未提出的问题说，"但是……在现在这种情况下，你母亲必须得吃点硬点的东西，我们也需要。"

"那么干稻草、牛奶和梨子是哪儿来的？"

胡利安得意地哈哈大笑起来。

"我从一个村庄里借来的。这是需求逼的，亲爱的姑娘。有时候上帝也会帮助穷人的。"

玛达伦笑了，一时间她忘记了所有的担心和家贫如洗。她又跟母亲回到了山上，回到了那间茅屋里，现在还多了那个男人。那个男人爱在那儿待多久就待多久，他占据了她父亲的位置。

13．没过多久，苏加拉姆迪的人就全都知道了

没过多久，苏加拉姆迪的人就全都知道埃斯特瓦尼娅·德佩特里桑塞纳回来了。有个人看到了昔日守林人茅屋周围的活动。另一个人看到了从光秃秃的树顶上升起的炊烟。还有一个人提心吊胆地走近茅屋去证实第一个人看到的事情，他说他亲眼看到了埃斯特瓦尼娅坐在老栎树下。这件事成了镇上的唯一话题，许多人断言，在所有的被指控的人中间，她是唯一的真正的女巫。否则她怎能逃了活命，在数九寒天的冬日回到镇上？因此，关于巫师巫婆会飞的事和他们具有各项特异功能就是真的了。很快就传开了，在审讯她的时候她突然不见了，而代之以她的是一个跟她同样面孔的魔鬼，她则飞回了茅屋。大家还想起了她粗犷的脾气、她丈夫和小女儿的神秘之死以及大女儿的失踪。随着流言的越传越凶，恐怖气氛也就越来越浓重。没有人希望宗教法庭的法官回到镇上来，也没有人希望一个被判死刑的人神秘地逃过火刑

出现在镇上，因为她会把那个令人毛骨悚然的人重新带到这个地区来。此外，还有另一种危险：那个女人可能会报复那些出庭作证说她和其他被指控的人有罪的人。在一场把屋顶的瓦都吹跑的大风之后，落下了一场冰雹，那冰雹像鹌鹑蛋那么大，把新播种的庄稼全毁坏了。这更证明了人们的恐惧不无道理。有人把女巫回来的事告知了修道院院长。

当时堂莱昂·德阿拉尼瓦尔正在搜集扎根于阿莱奥斯的巫术团的材料。那是一个不属于他管辖的镇子，也不在宗教法庭的职权范围。作为宗教法庭的掌权神职人员，他的调查范围扩大到了那儿的整个区域和整个巴斯坦谷地。他对在调查中获得的材料感到十分震惊，因为不仅在阿莱奥斯有可怕的巫术灾难证据，而且在伊鲁利塔、莱卡罗斯、艾尔贝特雅、埃拉特苏和其他地方都有。事实上，根据报告人的说法，没有一个谷地周围的镇子没有巫术的灾难。一个年龄刚满八岁的小姑娘保证说，她可以凭着显现在一个人眼白上的魔鬼的影子认出他就是实施妖术的人。一个姑娘发誓说，她被一个女邻居拐走，带到了阿尔库龙茨山上的巫师大会上。一个男人说，他被一个他拒绝的恋人的咒语闹得胃疼得使他死去活来。揭发的事例实在太多了，以致堂莱昂没有时间全部进行认真的调查。此外，还有来自管辖区另一边的信息。

在短短的几个月中，法籍宗教法庭法官彼雷·德兰格雷在拉普蒂和苏韦罗亚就把近千人判处了火刑，其中包括男人、女人和儿童。恐怖逼迫成百上千的家庭冒险穿过野兽经常出没的道路逃向南方。堂莱昂深信绝大多数逃亡的人都是巫师。他想，如果你不是巫师，那你有什么可怕的，而逃跑的本身却把他们变成可疑分子。不可能跟踪每一个人，因为他们逃走是走山道、牧人小道和走私犯的道路。他们借宿在亲戚或朋友家中，因为在山区的村镇亲戚和朋友间的关系向来是非常紧密的。他们在启程后短短几个小时中就找到安全的地方，继而就分散到整个纳瓦拉地区。

埃斯特瓦尼娅回到苏加拉姆迪的消息打乱了那儿的冷冰冰的气氛，也终于使圣萨尔瓦多修道院院长相信了那是事实。既然一个在罗戈洛尼奥审讯中被判死刑的女巫能够逃走，其他的死刑犯同样可以做到这一点。自从巫师们被带走后那儿享受的平静气氛现在处于了危险之中。那儿的教民们表现得十分温顺。没有一个人不去教堂，他们也停止了在贝洛斯科贝罗草地上的聚会。那教训太残酷了，但是非常有效。但是，尽管如此，最让堂莱昂担心的还是那该死的巫术团会死灰复燃，这一次他们会发誓跟他作对，因为他是猎获和逮捕巫师们的主犯。一念及此，修道院院长浑身冒出了冷汗，过了一会才喘过气来。接着，他以果断的口气唤来了助手，命令他备好骡子并通知十二位修士陪他出门，还嘱咐让他们带上十字架和满瓶的圣水。

"恶鬼回到了苏加拉姆迪，"修士们到来时他这样告知他们，"上帝要我们重新把它赶走。"

乌达苏比的居民们看到修道院院长身披绶带、手持权杖、骑着骡子、后面跟着一大排头戴风帽、胸披十字架、手持一瓶瓶圣水的修士走出修道院都惊呆了。几个晴好的日子过去之后，现在天空重新布满了黑沉沉的乌云，看样子在整个地区又要暴雨倾盆了。天空灰蒙蒙的，轰隆隆的雷声从远方传来，那一大排穿黑衣服的修士以忧郁的声音一遍遍地重复着连祷词，这一切让不止一个人头发根都竖立起来。人们都闭门不出等待着。有点可怕的事情就要发生了。

跟那一排人到达苏加拉姆迪的情况一样，由于狗叫声，首先看到他们的是一个农夫，那人正想到他被暴雨毁坏的田里重新播种。看到那情景他撒腿就跑，一口气就跑到了镇上。

"他回来了！他回来了！"他发疯似地高喊道。

"谁回来了？"一个镇民问道。

"宗教法庭的人！"

不管看到的还是没看到的，当修道院院长和他的修士们到达镇上的时候，路上不见了一个人影。他们不停地祈祷着穿过镇子，继续向森林的方向走去。

14. 在几个星期里

在玛达伦、她母亲和胡利安一起待在茅屋的几个星期里,那地方大大地改观了。陶器商人不仅会修补房顶,而且还把大大小小的缝隙堵好,不让风进来,同时他还打造了三张简易床、几条板凳和一些木制用具,准备了吃饭的大碗和勺子。

"不当货郎,就当木匠,总得会一行,"玛达伦问胡里安为什么那么能干,他这样回答说,"我的父亲也很能干,我的本领都是他教的。"

胡利安接连不辞而别,回来时带着更多的各式各样的东西:锅、平底锅、拨火棍、粮食,有一次甚至带回来一小桶苹果酒。

"这些东西是你偷来的?"有一次玛达伦这样问他。她感到惊讶,但同时她也为他做出的丑事感到气愤,因为她知道他是个忠厚人。

"就算是我借来的吧,"胡利安风趣地回答说,"人们连自己有多少东西的都不知道,这些东西对我们是非常有用的。再说,没有人伸手来帮助我们,因此我们得自给自足。"

姑娘正要去反驳他,但那时她想起了自己也曾没有得到允许就拉走人家的驴而且永远也无法归还的事,于是就哑口无言了。也许胡利安是对的。她已经知道镇上的人了解了他们的出现。有几次她发现有两个人偷偷窥视他们的活动,尽管没有一个人过来帮忙。因此,为了活下去,他们做那些事没有什么不好。但是,她还是担心镇上的人知道她和母亲回来了,因为那样的话,修道院院长也就知道了。但是,她尽量掩饰着她的担心,她不想让对她如此慷慨相助的朋友感到不安。那位朋友不仅对他慷慨相助,而且继续待在她们身旁,设法让她们应有尽有:在河里为她们钓鳟鱼;猎兔子为她们增加营养;砍柴为她们生火取暖。母亲的健康似乎一天天好起来,体重在慢慢增加,面颊也重新红润起来。有时她脸上还露出微笑,让她和胡利安觉得她懂得了他们说的话,尽管她自己还不能说话。

"你要给她时间。"一天,胡利安看到玛达伦千方百计地要埃斯特瓦尼娅回答她的问话,这样劝她道。

胡利安在收拾刚刚从河里钓上来的两条鳟鱼的时候,母女俩坐在门前的石头上。

"时间是最好的药品,"胡利安继续说道,"它会让人忘记。你母亲还在记忆之中,所以她难以开口讲话。她认为这样可以避免一切危险。"

"你怎么知道？"

"我见识过类似的事情……记忆有时是如此的根深蒂固，有些人是在沉默中慢慢地等待把事情忘记。"

"需要多长时间？"

"我不知道，"胡利安抱歉地笑笑说，"但是凭着我这把年纪，我完全清楚痛苦不会持续一辈子，尽管会留下痕迹，而且……"

胡利安的话未能讲完，玛达伦随着他的目光转过身去，眼前的情况惊得她哑口无言。站在他们面前的是谷地的主人堂莱昂·德阿拉尼瓦尔，还有十二位修士陪着他。那些人围成一团，目光中充满着敌意、手中高举十字架审视着他们。见到这种场面，给他们留下的印象太深刻了。

"我们是来找她的。"修道院院长用一个手指指着埃斯特瓦尼娅说。后者背朝着他继续坐在石头上，对那一切毫无表示。

看到有一个姑娘和一个老头儿在那儿，堂莱昂感到惊奇，没有人告诉过他女巫有人陪着。

"我母亲什么事也没干！"

玛达伦站在修道院院长和母亲之间的高叫声和坚定的面孔，使得修道院院长更为震惊。那应该是失踪的女巫的女儿，对这个女儿，他和宗教法庭的法官已经判定被杀害并且是碎尸万段了。

"她是女巫，"修道院院长估量了一下形势这样断言道，"她已被判处死刑，并且送到了罗戈洛尼奥。我不知道她怎么回来了，但是她必须跟我们走去接受审讯。"

那时，一只老鹰振翅掠过屋顶飞走，引起了一阵惊慌。老鹰是令人敬畏的动物，惯常它不会低飞，目前的景象令修士们惶恐不安。据说，这是古人的女神玛丽采取的手法之一，许多大地之子都知道这件事，因为他们在自己家中都已听说过这件事。一阵恐慌之后，修道院院长重新把注意力集中到了他来森林的使命上面。

"他去了哪儿？"院长紧张地问。

"谁？"

"老头儿。"

玛达伦跟堂莱昂同样惊讶地环顾四周，胡利安蒸发不见了，没有任何人察觉他的离开。他常常不声不响地离开，姑娘断定她的朋友就藏在附近，琢磨着怎样再一次让她跟她的母亲摆脱困境。这样的考虑让她鼓起了勇气面对修道院院长。

"这儿就只有我和我母亲。"她斩钉截铁地冷静回答说。

"刚才还有一个老头儿在这儿！"

"我再给您说一遍，这儿只有我和我的母亲。"

堂莱昂带着询问的目光转身朝着修士们。有些修士点头表示认同姑娘的话，有的只是看着院长不知如何回答，但是所有修士的眼中都露出不安的神色。修道院院长真想以最神圣的方式发誓说刚才他看到那儿的确有一个男人。他毫不怀疑那个人只能是另一个巫师，肯定他是帮助那个女巫从罗戈洛尼奥逃出来的人。

"别再胡说八道啦！"修道院院长紧张地高喊道，"你和你的母亲以上帝的名义被逮捕了。"

此时突然传来如千张铜鼓齐鸣的震耳的沉雷声，接着是一只老狼的又尖利又长的号叫声。修道院院长骑的驴子狂躁地尥起蹶子，企图把他从背上甩下来。一些修士已尽量退到靠近道路的位置，以便在迫不得已时拔腿就跑。另一些修士则连续几次画十字，观察着周围吓得要死。

"您是个邪恶的人。"

玛达伦对堂莱昂讲话的洪亮的声音一下子使他和他的陪同们都愣住了。周围陷入一片沉寂，那沉寂是死一般的，令人畏惧的。姑娘走近修道院院长，骡子再次慌乱地尥起蹶子。

"是您给这个地区带来了严刑拷打和死亡，使完整的家庭破碎，把清白无辜的人送去惨遭火刑。"

修道院院长的脸上出现了一片惊愕。那个黄毛丫头，那个巫婆的女儿，怎么胆敢与他对抗？为了上帝他要把那个胆大妄为的姑娘结果掉！他正要命令他的修士们把姑娘和她的母亲抓起来，天空却又传来轰隆隆的沉雷声，接着，跟上次一样，又传来一只老狼的号叫声。骡子受了惊，把院长从背上掀下来，疯狂地朝镇上跑去，大多数修士追在骡子后面，他们借口要抓住骡子，看到了离开那个地方的机会。在他们看来，那个地方已经中了巫术。有几个修士站在他们上司的身边，扶着他不让他倒下，等待着他下那道彻底离开的命令。

"我最后一次命令你们跟我们走！"堂莱昂说，并且企图摆脱那副狼狈不堪的样子。

"如果我们拒绝，又怎么样？"

可以看到那个怒不可遏、高大的、蓄着长长的白胡子、手持权杖的修道院院长跟那个破衣烂衫、继续站在他和自己的母亲中间的姑娘如何唇枪舌剑地对抗。站在那儿的修士目睹那一场面，已经断定没有好的结果。没有一个修道院的下属敢于跟堂莱昂那样对抗过，他们绝对不敢。但是那个姑娘跟别人不一样，事情明摆在那儿。

"我要派武装人员来逮捕你们，"堂莱昂威胁姑娘说，"把你们带回罗戈洛尼奥，对你们以女巫的名义执行火刑，而且我还要亲自监督执行。"

"我会看到你的身躯在烈火的包围中被烧得卷曲起来，我会听到你嗷嗷叫着请求怜悯。"

埃斯特瓦尼娅那嘶哑的、有气无力的声音让玛达伦和修道院院长以及他的修士们都大吃了一惊。她已经从石头上站起来，伸出双手指着她的迫害者们向他们走去，尽管她的眼睛并没有直视他们。她像一个幽灵，脸色苍白，形容憔悴，灰色的长发披在背后，玛乌达送给她的衣服穿在她那骨瘦如柴的身躯上显得过分的肥大。

"你不会得到安宁的,我要永远在暗影中游荡。"那女人继续说道,在她逼近的时候修道院院长恐怖地往后倒退着,眼睛瞪得像铜铃似的。"你死的时候不会有人哭泣,你将被人遗忘。我以我们祖先的名义诅咒你,也以你的人的名义诅咒你。"

又一声狼号传来,接着是一声比以前更近的雷鸣,继而在修道院院长和修士们的身后出现了一团大火。这一切让院长和修士们彻底魂飞魄散了。修士们抓住院长的胳膊拔腿头也不回地奔跑起来,道路上丢弃满了十字架和圣水。

此时胡利安出现了。他又把火枪装满弹药,朝着逃跑者开了一枪。那些人继续声嘶力竭地喊叫着飞奔,并且祈求着天堂的诸神保护他们。胡利安冷静地等待了一会儿,直至确信那些人已经逃出了森林,不可能再回来。然后他走到姑娘和她母亲的身边。埃斯特瓦尼娅似乎完全失去了刚才让她站起来的那股力量,现在由女儿搀扶着重新坐到了石头上。

"刚才她说话了。"姑娘对胡利安说。

"我听到了。"

"那时你在哪儿?"

"我去找我的老朋友了。"那老头一边抚摸着他的火枪一边微笑着说。接着又嘲弄地补充道:"你大概不会认为我抛下你们不管了吧,对吗?"

暴风雨远远地离去了,天空很快晴朗起来。他们能够看到在大海那边是一连串的电闪。玛达伦想起修士们听到雷鸣和狼叫时吓得魂不附体的狼狈相不禁脸上露出了微笑。

"附近有一只狼?"姑娘说,忽然担心起来。

"对,有一只老狼,并且毛很多。"

"你看到了?"

那老头笑了起来,并且模仿起一声长长的狼号,姑娘先是大为惊讶,接着便笑了起来。

"如果他再回来怎么办?"想到修道院院长,姑娘不安地问。"如果像他说的他派武装人员来怎么办?"

"他不会这样做的。你母亲已经诅咒了他,对于一个像他那样迷信的人来说,这就等于是一个判决。他将把自己关在修道院里闭门不出,整天为他生命中尚存的一点精气神祈祷。"

玛达伦凝视着她的母亲。后者重新失去了知觉,像个石头人似的一动不动。也许她的保护人说的在理,噩梦会结束,但一切都不会恢复以前的样子了。

15．渐渐地

的确，渐渐地，河水又回到它的河床上。胡利安预言的一点不错，时间能够治愈伤痛，这个区的居民又重新开始了他们的日常生活，力图忘记几个月期间一直压在他们心头的恐惧。

很快就知道圣萨尔瓦多修道院的院长疯了。据说他白天把自己关在屋里不出门，但是到了晚上却在修道院的走廊里逛游，使得修士们忧虑不安。他几乎不吃东西，教服已撕成了布条条，见了水就像逃避瘟疫一样逃开。甚至有些居民听到他高声喊叫，说他嚷叫着一伙女巫飞来要把他带到撒旦那个黑暗阴森的世界去。几个月之后，喊叫停止了，修道院里敲起了亡钟。堂莱昂·德阿拉尼瓦尔在可怕的幻觉中死去了，而幻觉的主角就是火。此后过了一段时间，就没有再提他的名字了，一个新院长到任接替了他。

在苏加拉姆迪，诸事也渐渐地恢复了正常。一些被判处罚款和坐牢的人都一个接一个地回到了镇上，重新干起了活，竭力把发生的事情忘记。抱怨是无益的，过去的事情已经无可挽回，而田地和牲畜是不能等待的。为了吃饭，那就得干活。

一个星期六的下午，在太阳落山之前，有人敲茅屋的门了。已是深秋时节，天很快就黑下来。玛达伦吓了一跳，心砰砰地跳了起来。夏末的时候，胡利安已经离开了。

"我们会想念你的……"她对胡利安说，一边使劲地拥抱着他。

"我也会想念你们的，但是我必须得走，"那汉子勉强地笑了笑说，"我是个天不怕地不怕的人，我这个人不能在一个地方待很长时间，这你知道。"

"有一天你不得不这样做……"

"我保证，到这一天，我就回来待在这儿。"

就像埋葬她父亲时一样，她满脸悲伤地看着他走了。有点什么告诉她，她再也看不到那个不求任何报偿对她们慷慨相助的慈悲心肠的男人了。没有他，就不可能把她母亲救出来，也不可能回到家乡。她几乎要拔腿追上去央求他留下来，但是她没有这样做。老陶瓷商人跟森林间的动物一样，他将悲哀地不由自主地死去。

她的母亲身体健康已经恢复，但精神还是不行。她不说话，像一个孩子似的让玛达伦为她洗手洗脸、穿衣服、打发她上床睡觉，已失去自理的能力。她几乎所有的时间都坐在门外大石头上，眼睛直勾勾地盯着那棵栎树，树下埋葬着她的亲人。玛达伦确信母亲只是等待着与他们相聚的时刻。每天清晨她都牵着手把母亲带到河边，给她脱掉鞋子，把她的脚泡在冷水里，她自己也这样，以此巴望着母亲有所反应，恢复记忆。但是一个星期一个星期地过去了，一个月一个月地过去了，事情却没有任何变化。

门越敲越响，玛达伦先把一把刀藏在围裙下才去开门，那把刀是有一次胡利安偷偷溜走时给她带回来的。她不会允许任何人伤害她的母亲，对此她可以发誓。但是，令她感到十分惊讶的是当她打开门时，她认出来访者竟是镇上的一个女人，而且那人还腼腆地朝她微笑着。

"我想……"那女人一时没有找到恰当的词语。"我想也许您愿意参加我们在贝洛斯科贝罗的聚会，好像危险已经过去了，而且……"

姑娘过了一会才明白那女人说的是什么意思，她差一点就"砰"的一声把门关上。她怎么居然敢到她家来建议她们母女去草地参加聚会？多亏了胡利安，亏了他狩猎与"借"粮和其他燃料的本领，她们才有了足够的吃食。自从她们回家之后，镇上没有一个人光顾过她们的茅屋，她们没有得到过任何人的帮助，尽管她们也没有向任何人提出过请求。可现在那个女人竟然到她家来了，好像什么事情也没有发生似的，她居心何在？

"我们知道你们遭受了种种不幸,但遭受这些不幸的不仅仅是你们,"那女人继续抱歉地说,"大家多多少少都经历了与你们同样的情况,需要很长时间一切事情才能恢复正常。尽管恐惧还存在,但迫害已经停止了,院长已经死了。"

听罢那女人的话,玛达伦闭上眼睛,轻松地叹了一口气。尽管有胡利安那些话,她还是一直在担惊受怕。她夜间睡觉像动物一样,稍有点动静就会惊醒。她的眼睛一直盯着母亲,神经始终处于紧张状态,随时等待着堂莱昂和他的修士们出现。那女人的话让她卸掉了思想上沉重的负担,消除了她的一种担心。

"草原那儿将举行一个大型聚会,"那女人继续说道,"地区的许多人都会去。我们大家都希望对遭受不幸的家庭给予支持,也想继续保留我们祖先的风俗习惯。我们欢迎你和埃斯特瓦尼娅也出席……"

那女人停下来,等待着姑娘的回答。后者过了一会儿才回答说:

"我们考虑一下吧。"最后她说道,并点头向那女人致意,随即便关上门。

她重新坐到母亲身旁,用拨火棍拨动着火炭。此时千头万绪一起涌上了她的心头,心乱如麻。一方面,她责怪镇上的居民没有做任何事情阻止他们的那么多人遭受严刑拷打和被送往远方;另一方面,都说一伙贫苦的农夫面对那伙武装的人群完全无能为力，她记起了有几次她自己感到的是如何的恐怖。镇民们在那几个月里没有向她和母亲伸出过援助之手，她想起来还是有点怨恨。如果没有一个人关心她们的话，她们很可能已经不在这个世界了。但是她知道人人都害怕。她自己也没想到去帮助罗戈洛尼奥可怜的牢房里那些被捕的女人。她看了母亲一眼，拉起了她的手。母亲继续沉迷在她那个不可涉足的世界里。如果把她带到聚会上去，听听别人的声音，看看老朋友的面孔，或许她能记起那些最愉快幸福的时光。

"妈妈，我们去参加聚会！"她兴奋地高声喊道。

她把埃斯特瓦尼娅披散的长发拢起一个发髻，给她洗了脸，又轻轻地在她面颊上揉搓了几下，使它们稍微红润些，随后又在她肩上搭了一条羊毛披巾，那是玛乌达送她的礼物。她自己也努力把形象修正了一番，尽管她能做的很少。她的衣衫很可怜，但是没有衣服怎么办呢！所以她只是把长发梳成辫子，又好好地洗了洗手脸，至少形象上让人看起来干干净净。尽管她没有镜子可以照一照自己，但是她心里明白在那几个可怕的月份里她改变了许多。那个几乎还是孩子的小姑娘由于去寻找自己的母亲，她已经变成一个女人了。

"你知道你是一个非常漂亮的姑娘吗？"有一次胡利安这样问她，"我肯定你会找到一个非常好的丈夫，这没有一点问题。"

想起她的保护人的话，她不禁脸上露出了笑容。她非常怀念他，身边没有一个人说话，那是非常难熬的。

"我们走吧，妈妈！大家在贝洛斯科贝罗等我们呐！"她高声喊道，满脸的笑容，扫除了一切悲哀。她揽住埃斯特瓦尼娅的腰部，母女俩走出了茅屋。

尽管冬天即将来临，那个黄昏却是温暖的，天空万里无云，仿佛大自然也想参加那个聚会似的。已见一轮满月缓缓从东方升起，后面是一片繁星，仿佛是它的尾巴。与此同时，太阳的余晖渐渐消失在西方金黄色和红色的霞光之中了。

当玛达伦和埃斯特瓦尼娅出现在草原上的时候，那儿已有许多人，非常的热闹。她们的到来引起了人们的极大好奇，就连孩子们都停止了玩耍，而乐师则停止了奏乐。一时间，玛达伦曾想转身就走，回到她们的茅屋去。但是，乡邻们的微笑和问候，女人们热情而激动的吻，使她改变了主意。她们又成了这个大家庭的成员，她们的心渴望得到一点人间的温暖和柔情。还没等她来得及想清楚，一伙女人已经把埃斯特瓦尼娅拉走，将她围起来保护着。尽管她没有想到，也不愿那样，但是此时她已经变成了一位女英雄。她是唯一一位被判了死刑而活下来的女人，这一事实赋予了她特殊的价值，尽管那种感情不免带有一点病态心理和强烈地想证明一下她是不是真的是一个女巫的好奇心。玛达伦看了一会儿那些女人，知道她们心中在想什么，脸上露出讥讽的笑容。给她们讲清事实没有任何意义，因为她们是不会相信的。

她离开那群女人,走近了山洞。一闻到烤肉的香味,她的口水就要流出来了。几个男人在那儿架着炭火,炭火上是各自的烤肉叉,叉上的烤肉已呈美丽的金黄色。她有点压抑地记起了最后一次在山洞的情形。那一天,到处一片寂静,全是不祥的预兆,不一会儿真的被证实了。她的眼睛盯到了奥拉维德亚河上。河水静静地流着,这一次不像那一次一样听到了死亡的歌谣。

"这不像是一条地狱之河,对吗?"

玛达伦转过身去。她不认识那个跟她说话的年轻人。小伙子长得很结实,上衣被汗水贴在身体上。他长相不丑,她感到惊讶的是自己居然在他面前把长辫在甩到身后露出卖弄风情的样子。

"你为什么这样叫它?"她笑吟吟地问他。

"你是说我为什么叫它地狱之河吗?那些穿黑衣服的人就是这样叫它的。你想得到吗?"小伙子笑了,"照他们的说法,魔鬼就在这条河里洗浴,陪着魔鬼的是一大群嘴里喷着臭气、手像爪子、带着能飞的笤帚的老太婆。"

"我看这没有什么好笑的。"

"我觉得可笑。一伙白痴!他们大概蠢得连驴子和猪都分不清,又怎么能认得出一个女巫?"

"你说的这些白痴居然对我们一些乡亲执行了火刑,而受他们酷刑折磨的乡亲就更是多得多了。"

玛达伦的声调是斩钉截铁的,就像是一把尖刀的利刃。她攥着拳头把那个年轻人上下打量了一番，转身就离开了山洞。她需要呼吸点新鲜空气，好久她才平静下来。因为那么多人、她母亲，包括她自己的那种可怕的遭遇不管是以前还是以后都是难以忘记的。因为人们谈起这件事情就像是谈神话中的巨人、居住在河流源头的女头龙身的金发妖魔、大森林中满身是毛的霸王、能玩弄各种奇迹的伎俩多端的神魔妖怪，或者用它们的七张大口喷出的火焰将整个村庄夷为平地的七头龙。

虽然整个夜晚令人愉快而气氛良好，玛达伦却没能享用美餐。她听到人们在进行即兴诵诗比赛，逗得在场的人笑声不断；她既没兴趣去跳舞，也没兴趣听老人们讲故事；也无心注意河边那个年轻人的企图，在为自己的话表示了歉意之后，那年轻人企图与她搭讪交谈。他说他不知道她的身份，对自己的话伤害了她表示抱歉。但是姑娘对他没有任何兴趣，她一心只想回到静寂的家中去。在新的一天的黎明到来之前她和母亲回到了自己的茅屋。在同乡邻们告别的时候，她们答应参加下一次的聚会，但是姑娘知道她们是不会来的。出席这次聚会没有让她母亲有任何改变。不管是听到的还是看到的都没有改变她的状况，这样的话，出席聚会跟待在家中没有什么两样，而待在家中还可远远避开那些议论纷纷和好奇的目光。

16. 那是一个严寒的冬天

那是一个严寒的冬天，还没有下雪，气温就已经降到了冰点。河水结冰了，为了取水，玛达伦不得不砸开冰层。她还要打柴，用胡利安留下的斧头砍下几棵小树。

"留给你吧，"那男人对她说，"你会用得着的。"

但是那件工具太大了，她没有力气拿它来砍大树。她想让茅屋里暖暖和和，但是树枝和干树叶难以持续地燃烧。埃斯特瓦尼娅总是卧床不起，每当女儿企图把她拉起来走走的时候，她都是拼命地拒绝。同样，她拒绝吃任何食物，哪怕是最柔软的东西。玛达伦绝望了。她看到母亲一天天瘦下去，却没有一点办法。她躺到母亲身边，企图为母亲暖和身子。她不停地跟母亲讲话，给她讲她们在那个冬天要做些什么事。

"我们要去多雷阿加，去看玛乌达。她会让你高兴的，等着瞧吧。她能让你恢复健康。胡利安也在那儿。你还记得胡利安吗？是他把我们带回家的。他非常爱我们，看到我们出现，他会非常地惊喜……"

她给母亲唱歌，歌词几乎全都忘了。她给母亲讲那些儿时从母亲嘴里听来的故事。然而这一切全然无用。埃斯特瓦尼娅没有受罪而安静地去世了。一天清晨，梦境把她带走了。那天清晨，阿特苏利亚山和乌尔维亚山的山峰被皑皑的白雪覆盖了。玛达伦把母亲埋葬在了那棵栎树下，就在她丈夫和女儿的身边。

玛达伦坐在母亲天天喜欢坐的那块大石头上，为自己的孤独而哭泣，她已经没有勇气考虑自己的未来。一切都无所谓了。她没有力气继续奋斗，还剩下的一点粮食不会坚持很久了。她不准备从这家到那家地去讨饭。她走近茅屋，趴在床上闭上了眼睛。她累了，非常非常的累，瞬间便入睡了。

她在梦中见到了她的亲人：母亲、父亲、妹妹、胡利安、玛乌达，以及……安德拉·盖拉。智慧女人清清楚楚地出现在她的面前，朝她微笑，并伸出上臂拥抱她。几个小时之后，她听到有人呼唤她的名字，她才醒来，过了好一会她才意识到茅屋里只有她孤单单的一个人。她从床上爬起来，走出茅屋，希望能看到某个人，但是那儿一个人也没有。她仍然听到有人说话的声音。她不明白发生了什么事，那时她记起了她刚刚做过的梦，于是她用手指朝躺着她亲人的地方送去了一个飞吻，然后便果断地沿着小路朝伊巴伊内塔高地走去。

走到半路,开始下雪了。她没穿着任何厚衣服,但是她并不感到冷。当到达安德拉·盖拉的茅屋时,她已经成了个白发老太婆。她的衣服完全湿透了,靴子和袜子也没能幸免,但是她面颊绯红,双目闪烁着光芒。她推开门,脸上露出了微笑。

"是你叫我吗?"问罢这话,她就重重地倒在了地上。

17. 在以后的岁月里

在以后的岁月里，玛达伦学到了药草知识，有了自己的资产，那是她采药和用药的最佳时刻。她能够诊断一个病人患的什么病，并且能为他对症煎药治愈。她还学会了各种鸟的叫声和辨认居住在高山上的各种动物的足迹，以及模仿森林中千奇百怪的任何一种声音。她能够毫无差错地预见暴风雨或冰雹的到来，爬树如同松鼠一般敏捷，跑在阴影中或跳跃在树枝或岩石上。她在老师身边，跟她一起用脑袋周游了一些陌生的地方，甚至有时候走过了苏加拉姆迪的条条道路，还从空中远远看到了她家的破茅屋。

"我为你而感到骄傲，"有一次安德拉·盖拉对她说，"你学会了我能教你的一切，我敢肯定，你将来会做得比我好。"

"但是。还有一件事我不明白……"

"什么事？"

"有两次玛乌达叫我月亮的女儿,她说你会给我说清楚这是什么意思。"

老太婆亲切地看了看姑娘。玛达伦是一个被生活抛弃的女儿。她决心帮助她是做对了。没有一个老师能有这么优秀的学生。

"我和我的老朋友,你也一样,都属于被自然力祝福的女人的一个特殊血统,我们是远远在牧师和宗教法庭法官带着他们的十字架和祷文到来之前就已经居住在地球上的智慧女人的后代。我们学会了用药草治病,也学会了用药草杀人。"安德拉·盖拉微微一笑,接着又带着沉浸在过去的目光继续说道,"我们发现了制陶技术,把狼驯化成忠诚的狗,我们向人们传播语言,教会他们纺线、织布和耕种菜园;我们为他们粉刷他们居住的山洞,教导他们有信仰。可现在他们要来消灭我们了,就因为我们拥有知识。但是他们错了:他们要在农民中找寻我们,逼迫一些可怜的女人招认一些可怕的事情,而那些可怕的事情完全是控告她们的人凭空想象出来的。"那些火刑的牺牲品没有神奇的功力,那种神奇的功力从来就不属于她们。留在那些人记忆中的只有古代的时光、梦幻、直觉、古老的信仰,这些东西脆弱得如同蜘蛛网一般随着风起风落消失或存在。宗教法庭的法官盲目地乱打棍子,他们永远找不到月亮的女儿。我们自开天辟地以来就存在着,当那些看着他们的同类遭受折磨而感到高兴的邪恶的家伙死去的时候,我们将依然活着。没有人记得那些邪恶的人,而人们记得的只有他们的罪恶。"

玛达伦呆呆地听着她老师的话。她觉得在老师身边学到的一切都是如此的自然,就仿佛时光一天天地过去,一个季节一个季节地流逝。她从来没觉得过自己与任何别的女孩有什么不同。

"那么说……"在提问以前,她踌躇了一下,"我们是女巫了?"

一阵年轻得令人惊讶的笑声从安德拉·盖拉的喉咙中爆发出来。那笑声立即在大山和山谷中发出回声,传遍各个镇子和村落。过了许久,人们还在议论那种奇怪的声音,它就酷似千万个铜铃同时响起一样。那种声音只在一年最长的夜间听到过一次,那就是夏至的夜晚。

结　局

　　宗教法庭法官阿隆索·萨拉萨尔·伊·弗里亚斯1564年生于布尔戈斯，1635年死于马德里。他回到了纳瓦拉山区，对罗戈洛尼奥事件的证据、控告和审讯过程进行了详尽的审查。他询问了一千八百个人，结果表明不管是关于巫术的证词还是供词都是控告者和被告者凭空想象出来的，从来就没存在过什么夜间飞行和神奇的癞蛤蟆，也没有巫术能招来暴风雨和拐骗儿童的事。关于巫师、巫婆夜间秘密集会的事完全是瓦列·阿尔瓦拉多编造出来的谎话。那些聚会只不过是农夫们聚在一起纵情的跳舞、唱歌、吃饭和饮酒。调查结果还表明，巴斯克山区的居民依然眷恋着公元前祖先的信仰，并把那些信仰与基督教信仰融合在一起，这与魔鬼没有任何关系。

　　在萨拉萨尔起草的一份详细地设计方方面面的长篇文件中，他断言在罗戈洛尼奥以巫术罪指控和处死那些人是搞错了。他为此事和自己的参与而感到悔恨和伤心：

> 在第二条中，从十三至二十六，仍然存在着与罗戈洛尼奥法庭同样的、甚至更严重的缺陷，即在审判中没有忠实和公正地执法，也没有遵守应有的基督教教规。这是由我的过错引起的，即当我派遣我的同事去处理那些要判处火刑的案件时，他们为取悦我纷纷发来一些没有说服力的不真实的证据，而我又没有认真把这些材料处理好。我们也没有把我们在法庭上和法庭外与罪犯接触的严重情况完全写清楚。也没有去履行对他们的诺言：即如果他们像我们希望的那样招认全部过错，当着我们的面互相揭发，我们即可释放他们。我们只是简单从事，任意为他们罗织罪名，证明他们是罪犯，以造成更大的影响。

这份文件遭到了许多同行的激烈反对，但是并没有能阻止阿隆索·萨拉萨尔·伊·弗里亚斯继续主持宗教法庭的工作，直至他去世。

他的态度、行为以及持之以恒证明并没有什么巫术的存在，渐渐地渗透到其他宗教法官的脑海中。由于他的努力，1614年宗教法庭的法规进行了改革，在西班牙和它的殖民地，几乎彻底取消了火刑处死女巫的规定，比在欧洲的其他国家早了一个世纪。

可悲的是这项改革到得太晚了，以致在一个多世纪的时间里，我们国家有成百上千的无辜者遭到逮捕、审讯、酷刑拷问或处死，其中大多数为妇女。

2002 年 9 月于拉腊维特祖